Herr Grieskötz und Herr Wunderlich

und andere Geschichten aus der
verkehrten Welt

Originalausgabe
Copyright 2022 by Autumnus Verlag, Berlin
Das Werk ist urheberrechtlich geschützt.
Kein Teil des Werkes darf in irgendeiner Form
(durch Photographie, Mikrofilm oder andere Verfahren)
ohne schriftliche Genehmigung des Verlages reproduziert
oder unter Verwendung elektronischer Systeme
verarbeitet, vervielfältigt oder verbreitet werden.
Illustrationen: Helmut Glatz
Covergestaltung: Haakon Auster
Printed in Europe
ISBN 978-3-96448-861-9
www.autumnus-verlag.de

Helmut Glatz

Herr Grieskötz und Herr Wunderlich

und andere Geschichten aus der
verkehrten Welt

Mit Illustrationen des Autors

Zum Buch

Was machen Herr Grieskötz und Herr Wunderlich, die in Wirklichkeit -aber was ist schon wirklich in den seltsamen Kurzgeschichten, die Helmut Glatz aus seinem Geschichtentopf hervorzaubert? Da verspeist der in einen Frosch verwandelte Magister Sieverkrüpp eine philosophierende Fliege, springt der dimensionslose Onkel mit dem Fallschirm über einem Gedicht von Ulla Hahn ab und liefern sich die Bücherwürmer auf der Leopoldstraße eine Schlägerei mit den proletarischen Tischbeinen. Oder so ähnlich. Geschichten ohne Netz und doppelten Boden, fernab aller Naturgesetze in den magischen Sphären der Zeit- und Ortlosigkeit. – Ein skurriles Feuerwerk, bebildert mit kongenialen Zeichnungen des Autors.

Zum Autor

Helmut Glatz, geboren 1939 im böhmischen Eger. Lebt in Oberbayern. Gründer des Landsberger Autorenkreises, Spielleiter und Autor des Marionettentheaters „Am Schnürl e.V." in Kaufering.

Im Autumnus Verlag erschienen bisher von ihm: „Professor Mistelmiefs gesammelte Ungereimtheiten", „Mein Hut, mein Onkel und ich", „Hösens: Höherer Blödsens" (zusammen mit Daniel Ableev), „Gurnemanz", „Reise ins Land Verkehrtherum", „Komboloi"

Inhalt

Die wandernde Stadt

Ich wohne in Castrum Mobilum, einem kleinen Landstädtchen halbwegs zwischen Rom und Castrop Rauxel. Man würde hier sehr geruhsam und komfortabel leben, wenn unser Gemeinwesen nicht die seltsame Angewohnheit besäße, ständig seine Lage zu wechseln. So kann es vorkommen, dass sich die gesamte Ansiedlung samt dem nahegelegenen Schlosspark unversehens in der Nähe von Cesenatico, am Ufer des rodarischen Meeres, befindet. Eine angenehme Lage, die wir weidlich nützen, um uns in die trüben, salzigen Fluten zu stürzen oder auch mit dem Vaporetto ins nahegelegene Venedig zu fahren. Wir müssen allerdings um eine rechtzeitige Rückkehr besorgt sein, denn schon wenige Stunden später befindet sich unser Örtchen bereits auf einem kleinen Hügel inmitten der Schwäbischen Alb, der raue Westwind fegt durch die fachwerkgesäumten Gassen, und das Blöken der Schafe schallt von den benachbarten Hügeln herunter. Glücklicherweise dauert dieser Zustand nicht lange, denn wenige Tage später breiten wir uns in der Nähe von Wien aus, neugierig bestaunt von den Touristen, die durch unsere Straßen schlendern, die berühmten Mobilwürste essen und dem seltsam klingenden, von iberokeltischen Vokabeln durchsetzten Idiom unserer Einwohner lauschen.

Ich muss gestehen, dass solche Ortswechsel einerseits sehr angenehm sind, man erspart sich mancherlei Urlaubsreise. Andererseits verhindern sie engere, nachbarschaftliche Bindungen über die lokalen Grenzen hinaus. Man beschränkt sich auf die lokalen Lokale, liest Tag für Tag das Castrum´sche Tagblatt, besucht das kommunale Kommunaltheater („Alice im Wunderland" in einer aktualisierten Fassung: das weiße Kaninchen ist durch einen Studenten aus Oxford ersetzt, der hinwiederum ein spionierender Marsbewohner ist, vielmehr ein Halbmarsbewohner, der illegalen Verbindung Mark Twains mit einer...ach was weiß ich...) und kauft immer nur in den gleichen Geschäften ein: In der Bäckerei die sogenannten Wanderbrezen, eine besondere Spezialität, in der Metzgerei die bereits erwähnten schmackhaften Mobilwürste.

All dies wäre noch zu ertragen gewesen, wenn sich nicht auch innerhalb der Stadt von Tag zu Tag beziehungsweise von Nacht zu Nacht ständige Veränderungen ergeben würden: Straßen ändern ihren Verlauf, Häuser wechseln ihre Plätze, Bäume, Gartenzäune und Verkehrszeichen befinden sich am Morgen nie dort, wo sie am Abend vorher gewesen waren. Dies verursacht natürlich eine beträchtliche Unruhe unter der Bevölkerung. Väter suchen ihre Arbeitsstellen, Mütter den Friseur, Schulkinder die Schule. Es dauert immer mehrere Stunden, bis sich das Leben wieder reguliert hat, um sich dann mit der Regelmäßigkeit unvorhersehbarer Frühlingsgewitter von heute auf morgen in neuerliches Chaos zu stürzen.

Ich persönlich war von all diesen Eigentümlichkeiten auf besondere Weise berührt, war ich doch durch Geburt Einwohner dieses Gemeinwesens und überdies von den vertrauensseligen Bürgern zum Gemeindeoberhaupt gewählt worden. In dieser Funktion oblag es mir, das Wohl meiner Heimat und seiner Bewohner auf das heftigste zu vermehren.

Aber wie? Aber wo? Aber wann?

Da kam mir zustatten, dass wir im Kellergewölbe eines gering beleumundeten Altstadthauses das Schicksal entdeckten: Eine schmuddelige, ziemlich abgewohnte Person mit zerzausten Haaren und blau emaillierten Fingernägeln. Sie hatte eine alte Krokodilslederpeitsche in der Hand und schlug damit die Karten, um die Zukunft daraus zu lesen.

„Nächste Woche sind wir in Hamburg", prophezeite sie. „Anschließend in Bad Wilsungen. Dann in Blühl*."

Diese Voraussagen halfen uns eminent weiter, und schon begann unsere effektvolle Werbemaschinerie anzulaufen. „Castrum Mobilum gastiert in Bad Wilsungen" war schon bald in Zeitungen und auf einschlägigen Internet-Plattformen zu lesen. „Genießen Sie die leckeren Wanderbrezen, delektieren Sie sich an unseren köstlichen Mobilwürsten, spazieren Sie durch unseren biologisch abbaubaren Schlosspark, besuchen Sie eine Vorstellung von Alice im Wunderland in unserem kommunalen Kommunaltheater!"

Die Vermarktung unseres Gemeinwesens war

ein Hit, und wir wurden von Event zu Event gereicht, bis…ja, bis auch andere Städte auf die lukrative Wanderidee kamen. Da wanderte München nach Sankt Petersburg, Wuppertal nach Wanne-Eickel und Bernkastel nach Kues oder umgekehrt. Das war ein fröhliches Hin und Her und Auf und Ab und Hoppla und Olé. Die ganze Weltkugel verschob sich, und Google Earth musste ständig nachkorrigieren.

Was aber war mit unserer kleine Wanderstadt? Keine müde Marionette interessierte sich mehr für uns. Der Absatz von Wanderbrezen ging rapide zurück, die Fabrikation der Mobilwürste wurde eingestellt, Alice abgesetzt und das Theater geschlossen. An vielen Standorten wurden wir verlacht, beschimpft, an der usbekischen Riviera sogar mit Steinen beworfen.

Ratlos, verzweifelt begab ich mich in den Keller hinunter, um das Schicksal zu befragen. Aber was sah ich? Da standen sie Schlange, die Eventveranstalter und Tourismusadministratoren, die Hotelkatalysatoren und Verkehrspromoter, um die nächsten Destinationen ihrer Gastspielreisen zu erfahren. Ich aber wurde von den verarmten, enttäuschten Bürgern meiner Stadt zum Tor hinaus in alle Welt gejagt.

Nach langer Irrfahrt strandete ich auf einer einsamen Insel im rodarischen Meer, wo ich mich in eine Eremitenklause zurückzog. Darin hause ich nun, der einzig Sesshafte in einer aus den Fugen geratenen Welt.

---

* Man weiß bis heute nicht, wo dieses Blühl liegt. Sollte es sich um eine Verwechslung handeln?

13

Eine Herbstgeschichte, melancholisch

Ach, was ist das für ein Herbst!
Er besteht vor allem aus Wolken, Häusern, Bäumen, Straßen - und mir.

Die Wolken haben ihre Stirnen in schwermütige Falten gelegt, die Häuser schauen traurig aus den Fenstern, die Bäume stricken mit ihren Ästen Nebelkleider, und die Straßen verirren sich im Unbekannten.

Und ich? Ich habe mich in meine Einsamkeit eingewickelt und lasse meine Gedanken fallen, langsam, einen nach dem anderen...blubb... blubb...,wie Tropfen aus einem undichten Wasserhahn.

Früher sind mir dabei immer Geschichten eingefallen, Herbstgeschichten. Aber das ist lange her.

Geschichten von breiten Alleen, durch die prächtige Kutschen rollen. Manchmal werden im Vorbeifahren die Vorhänge der Kutschfenster beiseite geschoben und Kusshände herausgeworfen. Die Landleute stehen am Straßenrand, lassen ihre Sensen und Dreschflegel hochrufen und machen Kratzfüße. Später sammeln sie die Kusshände in Körben und streuen sie auf die Felder, im nächsten Frühjahr werden Blumen daraus.

Oder Geschichten von Fischern mit schokoladenbraunen Oberkörpern, auf der Fahrt zu wilden Küsten und vergessenen Inseln. Nach langer

Zeit kehren sie heim, im Schiffsbauch die goldene Fracht des Sommers – allerlei Meeresgetier, Muscheln und Purpurschnecken, blühende Medusen, wundersame Märchen von singenden Sirenen und menschenfressenden Zyklopen.

Manchmal, wenn ich so ins Nichts hinein denke, kann es sein, dass ein Traum aus einem der Bilder schlüpft, die da an der Wand hängen. Er ist von schlanker Bläue und hat einen roten Mund. Zwischen den Lippen strömt die Zeit heraus.

Wie die Zeit aussieht?

Sie schillert rund und ist innen hohl. Die Zeitkugeln lösen sich von den Lippen und schweben durchs Zimmer. Wenn sie an eine Möbelkante stoßen, zerplatzen sie, dann bleibt ein Zeitfleck übrig, in seltsamen Farben glänzend, wie unbekanntes Metall.

Einen Augenblick nicht aufgepasst, schon hat mich eine solche Zeitblase eingehüllt und hinausgetragen aus dem Fenster. Zusammengekauert sitze ich in der Kugel, von Zeit umspült wie ein Embryo im Fruchtwasser. Durch die transparente Hülle kann ich nach draußen sehen. Regennasse Dächer, kahle Baumgeripe, abgeerntete Felder. Schließlich senkt sich mein Gefährt und landet sanft inmitten einer breiten Allee. Ich stipse mit dem Finger gegen die zitternde Wand, da platzt sie, ich kann hinaussteigen.

Die Alleebäume sammeln sich um mich, beugen sich vor und schütteln verwundert ihre Wipfel, ich weiß nicht, warum. Letzte, verspätete

Blätter taumeln herunter, Krähen ziehen schwarze Schleifen durch den Himmel.

In der Ferne kann ich ein Schloss erkennen mit Türmen und Zinnen und silbermatt schimmernden Dächern. Wie ich zwischen den Bäume dahinwandere, schmiegt sich plötzlich eine fremde Hand in meine. Sie gehört der Erinnerung.

„Weißt du noch", fragt sie, „welch aufregende Geschichten die Kiebitze in die Luft geschrieben haben, damals, im hellblauen Kinderfrühling?"

„Weißt du noch", fragt sie, „was dir die warmen Kieselsteine unter den blanken Fußsohlen zugeflüstert haben, damals, im heißen Sand am Waldrand? Und die kupferroten Kiefern, kannst du dich noch an ihren Duft erinnern?"

Fast hätte ich das vergessen, aber jetzt fällt es mir wieder ein. Und wie wir so dahinwandern, meine Erinnerung und ich, entdecke ich in einem Hagebuttenstrauch eine vergessene Kusshand. Vorsichtig löse ich sie aus den Dornzweigen und stecke sie in meine Brusttasche.

Aber dann ist auf einmal ein hässliches Vergessen neben mir und drängt die Erinnerung fort.

Und jetzt sitze ich wieder da, eingewickelt in meine Einsamkeit, und die Gedanken fallen, einer nach dem anderen, ins Nichts hinein. (Das Nichts ist eine graue Allee, die ins Endlose läuft.) Blubb... blubb macht es – das Geräusch kommt aus meiner Brusttasche. Es ist die Kusshand, die gegen mein Herz klopft. Ich drehe sie hin und her und weiß nicht, was ich mit ihr machen soll.

Doch, ich weiß es! Ich pflanze sie in einen

Blumentopf und begieße sie mit meiner Einsamkeit – blubb...blubb. Und dann setze ich mich dazu, wenn draußen die Winterstürme toben, und träume vom Duft der Kiefern und dem Ruf der Kiebitze und dem blauen Kinderfrühling.

Das Bewusstein meines Onkels

„Es ist so eine Sache mit unserem Bewusstsein", sagte mein Onkel. „Es ist nie da, wo wir sind."

„Es ist nie da, wo wir sind?", echote ich verständnislos. Wir saßen im Biergarten in Stegen, direkt am Ufer des Ammersees, den uns ein Bekannter empfohlen hatte. Das heißt, ich saß. Was mein Onkel machte, konnte ich nicht recht beurteilen.

„Jawohl!", bestätigte er. „Unser Bewusstein ist nie dort, wo wir sind. Es hüpft uns entweder in die Zukunft voraus wie ein unternehmungslustiger junger Hund, oder es schleppt sich hinter uns in der Vergangenheit her wie ein altes Pferd. Das, was wir Gegenwart nennen, existiert überhaupt nicht."

„Aha", sagte ich und blies den Schaum vom Weißbierglas. Mein Blick schweifte nach Süden über die glitzernde Seefläche hinweg bis zu den fernen, nebelblauen Bergen. Es war ein wunderschöner Tag. Über das Wasser tanzten kleine, muntere Brisen, schaukelten in den Schilfhalmen am Ufer und turnten in unseren Haaren herum.

„Einmal ist es vor uns, einmal ist es hinter uns, das Bewusstsein", wiederholte mein Onkel. „Es ist nie dort, wo es hingehört. Es schwimmt in der Zeit herum wie ein Schauspieler im Text, wenn er ihn vergessen hat."

„Aha", sagte ich. Ich hatte schon immer geahnt, dass etwas mit seinem Bewusstsein nicht stimmte. Derzeit schien es wieder extrem abwesend zu sein. Mein Onkel flimmerte in der Sonne herum, war einmal hier, einmal dort, eine sichtbar gewordene Heisenberg`sche Unschärferelation.

„Darf ich auch etwas einwenden?", sagte in diesem Augenblick eine Stimme. Ich schaute mich erstaunt um. Sie gehörte einer kleinen Brise, die neben uns auf der Stuhllehne balancierte.

„Wie kann eine Brise reden!", entfuhr es mir.

„Alles eine Sache des Bewusstseins", sagte die Brise. „Entschuldigung, ich heiße Max!", stellte sie sich vor.

„Angenehm", antwortete ich. Auch mein Onkel murmelte etwas ins Ungewisse hinein.

„Wissen Sie", fuhr der Windstoß fort, „es gibt heutzutage so viele Winde, aber nur wenigen gelingt es, eine eigene Identität zu gewinnen."

Ich nahm einen Schluck von meinem Weißbier, in dessen Gold einige Sonnenstrahlen badeten. Offenbar streckte auch der Wind seinen Rüssel in mein Glas. Ich sah es zwar nicht, denn Winde sind unsichtbar, aber der Bierstand nahm merklich ab.

Irgendwie war unsere Unterhaltung ins Stocken geraten. Worüber soll man auch mit einem Windstoß reden, der noch dazu Max heißt. Mein Onkel war gerade verschwunden, um sein unscharf gewordenes Bewusstsein einzufangen.

„Jede Geschichte geht irgendwie weiter", sagte die Brise. „So oder so. Die Zeit schreibt die Geschichten, ob wir wollen oder nicht. Man braucht nur zu warten, dann kommen sie von selber."
Mir war die Unterhaltung peinlich. Die Leute am

Nebentisch schauten bereits verstohlen zu uns herüber. Eine unsichtbare Stimme, das kam ihnen seltsam vor. Wahrscheinlich hielten sie mich für einen Bauchredner. Glücklicherweise kehrte in diesem Augenblick mein Onkel zurück. Nicht allein. Er hatte alle seine Bewusstseine mitgebracht. Hunderte, Tausende.

„Es gibt unzählige Bewusstseine", erklärte er. „Vor uns, hinter uns, neben uns, in uns. Wir müssen sie nur zur Kenntnis nehmen." Seine Bewusstseine schienen wochenlang nichts gegessen zu haben. Wie ein Rudel gieriger Wölfe stürzten sie sich auf alles, was rundum zu sehen war. Die Tische, die Stühle, die Leute am Nebentisch. Mein Weißbier war im Handumdrehen geleert, dann verschwand auch das Glas, die Uferpromenade, der See mit all den hübschen Segelbooten. Schließlich knabberten sie sogar an den fernen, nebelblauen Bergen. Ich war aufgesprungen und schüttelte mich heftig, denn ich merkte, wie sie sich an meinen Armen und Beinen festbissen. Einige hatten bereits meine Schuhbänder aufgezogen und die Hemdknöpfe geöffnet. In langen Sprüngen raste ich zum Parkplatz. Das Auto stand glücklicherweise noch da. Ich hinein, starten, schalten, Gas geben. Ich raste los.

Erst hinter Windach kam ich etwas zur Ruhe und wagte es, das Seitenfenster herunter zu kurbeln.

„Es ist alles nur eine Sache des Bewusstseins", sagte in diesem Augenblick eine Stimme. Sie gehörte dem Windstoß, der sich auf meinen

Außenspiegel gesetzt hatte und sich den Fahrt-
wind durch den Leib streichen ließ.

„Man muss höllisch Acht geben, dass es nichts
anstellt", seufzte ich.

„Siehst du, jetzt ist doch noch eine Geschichte draus geworden", nickte er (unsichtbar, denn
Winde kann man nicht sehen).

„Aber was für eine!", rief ich. „Bewusstseine, die
in inflationären Massen auftreten. Bewusstseine,
die alles auffressen. Welch ein Unsinn!"

„Ja, ja", man muss höllisch aufpassen auf sein
Bewusstseine", sagte er. „Sie sind unberechenbar
wie eine Unwahrscheinlichkeitsrechnung und
flüchtig wie der Wind." Sprach`s und flog auf
Nimmerwiedersehen davon.

Und mein Onkel? Er machte, was er jedes Jahr
tat. Im Herbst verfärbte er sich gelb und rot, dann
fielen seine Blätter ab. Den Winter über blieb
er verschwunden. Aber im nächsten Frühjahr
tauchte er wieder auf, von oben bis unten voll mit
unzähligen frischen, grünen Bewusstseinen.

* Laut Wiktionary gehört das Wort „Bewusstsein" zu jenen Wörtern, für die es keine Mehrzahl gibt, es ist also ein Singularetantum
und steht damit in einer Reihe mit „Milch", „Gesundheit", „Post"
und vielen anderen Wörtern. (Manche Leute fordern schon lange
eine Vervielfältigungsfaktorei für einsame Substantive.)

Das Narrenschiff

Das Fallreep schwankte, die Wanten jammerten, die Schreie der Möwen umkreischten mein Gesicht. „Kehr um! Kehr um!", schrien sie. Aber da war es bereits zu spät.

Der Kapitän, ein viermal geschroteter, bartumtoster Seebär, haute mir seine behaarte Pranke auf das Schlüsselbein und wies mir eine winzige Koje zu. Dort konnte ich meinen Seesack auspacken: Handtuch, Zahnbürste, Hamsuns gesammelte Werk und meine Sinne. Fünf waren es, und sie machten sich sogleich daran, das Schiff zu erkunden. Der Starrsinn und der Eigensinn balgten sich auf dem Achterdeck, der Blödsinn turnte im Takelwerk herum, der Stumpfsinn spielte mit roter Nase Karneval. Nur der Sarasinn, weil von der psychologischen Wissenschaft noch nicht entdeckt, hatte sich in meine innere Geheimratsecke verkrochen und weinte leise vor sich hin.

„Haustiere verboten, geraucht wird nicht (Brantgefahr!), wer Drogen konsumiert, wird über die Reling geworfen", brüllte der Kapitän mit der Stimme eines krustenbedeckten Grindwals. „Das gilt für die Besatzung, nicht für die Passagiere."

Ich merkte bald, dass ich das einzige arbeitende (d.h. in den produktiven Arbeitsablauf eingebundene) Besatzungsmitglied war. Sebastian Brant, so hieß der Kapitän, begnügte sich damit, auf der Kommandobrücke zu stehen und sinnlose

Befehle zu rufen: „Weiter, weiter ohne Leiter!",
brüllte er. Oder: „Heuer vor Steuer und außerdem
teuer!" Oder: „Lyrik ist schwyrik, Lyriker sind
schwyriker!" Oder: „Dicke Pflöcke, Ziegenböcke,
Weiberröcke!" und andere unflätige Dinge.

Grobian Flegel, der Steuermann, klammerte
sich an das Steuerrad und trank immer nur Rum,
den ich ihm aus einer Gießkanne einflößen musste. Wegen seines seelischen Gleichgewichts einmal von Steuerbord, einmal von Backbord. Und
so steuerte er auch: Mal nach Luv, mal nach Lee.
Statt der Nase trug er einen Leuchtturm im Gesicht, den er bei Einbruch der Dunkelheit ein-
schaltete, was uns manche Havarie ersparte.

Ich selber hatte die meiste Zeit damit zu tun,
meine fünf Sinne zu bändigen: Mediation am
Achterdeck, pädagogische Intervention in der
Takelage, positive Verstärkung in der Geheimratsecke. Hups und Hurra!, rief ich. Die Inklusion
des Starrsinns in das hydronautische Schulwesen
nahm erfolgreiche Formen an, der Stumpfsinn
schritt im Stechschritt die Evaluation ab und
der Unsinn startete eine erfolgversprechende
Bildungsoffensive.

Überhaupt war meine konzentrierte Sinnsuche
ein voller Erfolg, an dem sich das hiesige Schulwesen ein Beispiel nehmen könnte. Nur der Sarasinn
in seiner Geheimratsecke verfiel fortschreitender
depressiver Erosion.

Übrigens hatten wir eine Menge Passagiere im
Schiffsrumpf. Während ich das Deck scheuerte,

tönte von unten herauf Krakeelen und Rumoren, Musik und Gesang. Ab und zu konnte ich einen Blick hinunter werfen und sie sehen: Minister mit langen Nasen und unsauberen Westen, Kardinäle mit Weibsbildern im Arm, Priester, die hübsche Jungen küssten, Molche am Spieltisch, Gockelhähne mit geschwollenen Kämmen, dicke Matronen, die goldene Eier legten, Lügenverkäufer, Wortverdreher, Schlagzeilenfabrikanten und vieles mehr.

Man scheuchte mich aber gleich wieder auf, um die Segel zu hissen oder zu reffen, wie es sich eben traf. Wenn wir einen Hafen anliefen, Konstantinopel oder Köln, Katschaturian oder Kythera, wurde das Fallreep herabgelassen, und das Schiff spie sie aus, die lärmende Gesellschaft, ein nicht endenwollender Strom närrischer Gestalten, und es wurden immer mehr, die sich da über den Hafen und die Stadt und das Land ergossen.

Am Abend kamen sie alle wieder zurück, dann wurden die Segel gesetzt, wir fuhren weiter, linksherum rechtsherum durch die Welt, die sich aufbäumte wie ein geschundenes Tier. Die Erde begann unter uns zu taumeln, und dann traf es sich, dass wir weiter navigierten, hinauf zu den Sternen.

Nicht absichtlich, das gebe ich zu. Wir verwechselten sie mit den Blinklichtern des Hafens von Timbuktu.

„Auch nicht schlecht", brummte der Kapitän. „Wenn wir auf einen bewohnbaren Planeten stoßen, entlassen wir sie, die Passagiere, aus unserem

Bauch, damit sie ein neues Menschengeschlecht begründen, besser und schöner, als es einst Noah nach dem Verlassen der Arche getan hat."

Und meine fünf Sinne? Sie waren erwachsen geworden. Sie hatten sich hinausgeschlichen in die Welt, in die Hafenkneipen und Fernsehstudios, die Discountermärkte und Kathedralen, nach Narrenfisch und Flederwisch und Siebentisch, wo sie das Lied vom Narrenschiff des Sebastian Brant sangen.

Das Narrenschiff des Sebastian Brant

Herr Brant, wie war die Reise?
Den Fluss herab mit Gottvertraun,
und ohne rechts und links zu schaun,
nach alter Narrenweise.

Wer waren die Gesellen?
Kaiser, König, Hurenpack,
den Buckel voller Schabernack,
die Kappen voller Schellen.

Das Ziel?
Ein Ziel war gar nicht ausgemacht,
wir fuhren immer Tag und Nacht,
so wie es uns gefiel.

Der Kahn?
Voll Freud und Leid. Ein blauer Stern
mit Gras und Graus und Schlamm und Kot
und Mann und Maus und Brot und Not,
ein blauer Stern, ich hab ihn gern.

*(bezieht sich auf das „Narrenbuch des Sebastian Brant")

Das Zeitloch

Zwischen Holzhausen und Honsolgen befand sich ein Zeitloch. Man sah es natürlich nicht. Sowohl die Zeit als auch ihre Löcher sind unsichtbar. Man merkte es erst, als die Wanderer darin verschwanden. Warum musste das Zeitloch auch gerade in dem Augenblick auftauchen, als der Volksmarsch stattfand! Und warum musste die Route des Volksmarsches gerade zur selben Zeit von Holzhausen nach Honsolgen führen? Fragen, die wir nicht beantworten können.

Die Wanderer verschwanden plötzlich. Jetzt sah man sie noch gehen, mit ihren Rucksäcken, den Walkingstecken, den Regenjacken und den schweren Wanderschuhen, einen Augenblick später waren sie weg. Verschwunden. Irgendwie unheimlich, nicht?

Es dauerte eine Weile, bis sie wieder auftauchten, auf der anderen Seite des Zeitloches, die Wanderer mit ihren Rucksäcken, den Walkingstecken, den Regenjacken und den dicken Wollsocken in den schweren Wanderschuhen. Bis sie wieder auftauchten, als wäre nichts gewesen.

Als wäre nichts gewesen?

Sie waren älter geworden. Offenbar, ohne es gemerkt zu haben. Nur die anderen sahen es, die Zuschauer, die Umstehenden, am anderen Ufer des Zeitlochs. Aus kleinen Kindern waren pubertierende Jugendliche geworden, aus unschuldigen Mädchen erblühte Jungfrauen, aus kräftigen

Arbeitern gebrechliche Ruheständler. Manches dunkle Haar hatte sich grau gefärbt, manche schlanke Hüfte feiste Fettpolster angesetzt. So tauchten sie auf, jenseits des Zeitlochs. Nur der Senior der Gruppe, ein achtzigjähriger Altbauer aus Großkitzighofen, ließ auf sich warten.

Wer war es nur, der „Umkehren!" rief, mit befehlender Stimme, die keinen Widerspruch duldete? Da kehrten sie um, alle, und tauchten nach einiger Zeit in Richtung Honsolgen wieder auf. So, wie sie früher waren. So, wie wenn nichts gewesen wäre. Nur der Alte aus Großkitzighofen blieb verschwunden. Man weiß bis heute nicht, wo er geblieben ist.

Der Alte vom Berge

Er saß wie immer vor seiner Hütte, formte seine Gedanken zu kleinen Kügelchen und ließ sie ins Tal hinunter rollen. „Heutzutage muss man den Leuten alles mundgerecht zubereiten", sagte er. „Nicht zu groß und nicht zu klein, pasteurisiert und mit Geschmacksverstärkern, laktosefrei und möglichst rund. Viereckige Kugeln vertragen die Menschen heutzutage nicht mehr."

„Viereckige Kugeln gibt es nicht", sagte ich. „Ebenso wenig wie runde Würfel."

„Von außen, von außen", sagte er. „Außen sind sie glatt und rund. Aber im Inneren sind sie stachelig, kantig, viereckig und durchaus unbekömmlich."

Er ließ wieder einige Kügelchen nach unten rollen. In hohen Sprüngen hüpften sie über die Felsen. Wenn sie auf den Boden trafen, ploppte es, wie wenn man eine Flasche alten Chateauneuf-du-Pape entkorken würde.

„Die Situation der Lyrik ist heute eine völlig andere als zu Zeiten Baudelaires", meinte er. „Fleurs du mal – auf der roten Liste der ausgestorbenen Arten. Wer kennt heute noch die Ganovenraute? Das Hundertgundelkraut? Die europäische Steinwarte? Die gelbgefreckte Steuerblume?"

Ich eilte mich zu beeilen, aber als ich ins Tal kam, hatten die Tauben alle Kügelchen bereits aufgepickt. Oh, was haben sie jetzt im Bauch!, dachte ich. So viel geistreiche Literatur verursacht Blähungen. Jetzt fiel es mir wie Schuppen von den Augen: Es war Jean Paul, der da oben hockte, wie ein Erdenrichter, mit seinem unendlich weißen Bart. Und dabei hätte ich ihn beinahe mit einem Suppenhuhn verwechselt oder mit einer Geschirrspülmaschine oder mit einem Touchscreen-Konsimilator oder meinetwegen auch mit der rosenfingrigen Eos ferner, untergegangener Horizonte, was weiß ich.

Es waren übrigens gar keine Kügelchen, die ins Tal rollten, es war ein Teppich, zu einem Gewebe kunstvoller Gedanken verflochten. Und er rollte nicht, der Teppich, sondern er flog. Ihn fraßen auch nicht die Tauben - der Bürgermeister von Wunsiedel legte ihn ins Rathaus und trampelte darauf herum. Der alte Jean auf seinem Berg strickte an dem Teppich mit zwei Nadeln, lang und dünn wie Spinnenbeine. Ach, wo ist es, das Schulmeisterlein Wutz?, dachte ich. Schon lange auf der Roten Liste der ausgestorbenen Arten. Die ganze deutsche Romantik in geschmacksneutrale Kügelchen verpackt, Placebos, die wie Heuschrecken von den Berghängen herunterhüpfen – i bewahre, das hätte mir gerade noch gefehlt!

Nein, es waren keine Kügelchen. Es war auch kein fliegender Zauberteppich. Es war eine Geschirrspülmaschine, vielmehr eine Literaturspülmaschine, in die er all das hineinstopfte, was ihm so aus dem Blätterwald zuflog. Magazine,

Schmonzetten, Langzeitgedichte, Lokalkrimis und Kinderbücher. Die vor allem.

„Sauber müssen sie werden, sauber und steril!", rief er, der Alte vom Berge. „Sauber von innen und von außen. Neger raus, Zigeuner raus, Hexen raus, wenn´s sein muss, auch den Teufel", rief er.

„Aber dann bleibt doch nichts übrig!", wagte ich einzuwerfen. „Die Welt ohne Teufel ist keine Welt mehr, sondern die Hölle."

Er war aufgestanden. „Lasst uns das Glas erheben!", rief er und entkorkte eine Flasche sehr alten Chateauneuf-du-Pape. „Lasst uns das Glas erheben", rief er, und sein langer, unendlich weißer Bart flatterte um den Gipfel wie eine müdgehetzte Gewitterwolke. „Lasst uns das Glas erheben", rief er (nun schon zum dritten Mal) „und anstoßen auf die deutsche Literatur!"

Der Kleine Prinz beim Pädagogen

Als der Kleine Prinz zum Pädagogen kam, der es sich nach vierzigjähriger Dienstzeit auf einem entfernten Planetoiden bequem gemacht hatte, um seinen Ruhestand zu genießen, fragte er ihn: „Was tust du da?"

Der Pädagoge erschrak ein wenig und legte seinen roten Kugelschreiber beiseite. „Ich rechne", antwortete er.

„Und was rechnest du?", wollte der Kleine Prinz wissen.

„Ich rechne aus, was ich in den vierzig Jahren meines Lehrerdaseins alles gemacht habe", erklärte der Lehrer. „Pass auf! Ich habe über 10000 Tage lang Schule gehalten. Das sind insgesamt mehr als 60000 Schulstunden. Schulstunden, verstehst du, mit Vorbereitung und Nachbereitung und allem Drum und Dran. In diesen vierzig Jahren habe ich über 1200 Schüler gehabt. Manches Dorf wäre stolz auf eine solche Einwohnerzahl! Für diese Schüler habe ich 2400 Zeugnisse geschrieben, damals noch einseitig. – Horchst du mir überhaupt zu?", fragte der Pädagoge, als der Kleine Prinz nicht antwortete.

„Ich horche dir sehr genau zu", sagte der Kleine Prinz.

Da fuhr der Lehrer fort: „Ich habe 300000 Hefteinträge korrigiert. Und während der Korrektur etwa eineinhalb Millionen Fehler ausgebessert. Und ich habe im Unterricht etwa 1200000 mal pädagogisch interveniert."

„Was ist das?", wollte der Kleine Prinz wissen.

„Unterbrich mich nicht, sondern melde dich!",
sagte der Pädagoge. „Pädagogisch intervenieren
heißt zur Ruhe ermahnen, zur Mitarbeit ermun-
tern, ein Lob aussprechen, tadeln, schimpfen,
Mut machen, Impulse geben, zum Nachdenken
anregen..."

„Zum Nachdenken anregen ist gut", nickte der
Kleine Prinz. Und, nach einer kleinen Pause: „Ist
das alles?"

„Das ist lange noch nicht alles!", rief der Pädagoge eifrig und überflog die Zahlenkolonnen. „Ich
habe zum Beispiel etwa 400 Schüler so weit gebracht, dass sie das Gymnasium besuchen konnten. Ich habe 1600 Wochenpläne angefertigt. Ich
habe..."

„Ach, lass mich mit deinen Zahlen in Ruhe!",
sagte der Kleine Prinz unwillig. „Davon wird
mir nur schwindlig. Hattest du keine Rose zu
versorgen?"

„Eine Rose?", fragte der Pädagoge verblüfft.
„Nein. Ich bin ein Lehrer und kein Gärtner."

„Auf meinem Planetoiden gibt es eine Rose, für
die ich sorgen muss", meinte der Kleine Prinz.
„Ich muss sie täglich gießen und aufpassen, dass
sie nicht von meinem Schaf gefressen wird. Denn
die Rose hat nur mich und sonst niemand auf der
Welt. Das ist eine sehr verantwortungsvolle Auf-
gabe, musst du wissen."

Der Pädagoge schaute ihn nachdenklich an.
„Jetzt verstehe ich dich!", sagte er. „Ich hatte auch

Schüler, die mir Sorgen machten. Schüler, die gefährdet waren, die krank waren, die ängstlich, traurig oder mutlos waren. Schüler, um die ich mich besonders kümmern musste, deren Schicksal mich beschäftigte. Oft grübelte ich stundenlang darüber nach, wie ich diesen Schülern helfen könnte, und manchmal lag ich in der Nacht lange wach und konnte vor Nachdenken nicht einschlafen."

„So geht es mir auch, wenn ich merke, dass meine Rose traurig ist und sich nicht wohlfühlt", nickte der Kleine Prinz.

„Aber es gab auch schöne Stunden, in denen ich mich freute", sagte der Pädagoge, und seine Augen begannen zu leuchten. „Stunden, in denen mehr gemacht wurde als Lesen und Rechnen. Stunden, in denen wir sangen und fröhlich waren, Stunden, in denen die Schüler merkten, dass die Schulklasse eine Gemeinschaft ist. Stunden, in denen sie Erstaunliches entdeckten, in denen sie von neuen, faszinierenden Dingen erfuhren..."

„Es ist wichtig, staunen zu können", sagte der Kleine Prinz.

Eine Weile schwiegen die beiden. Dann hob der Prinz plötzlich den Kopf und schaute den Lehrer durchdringend an. „Ist das alles?", fragte er.

Der Pädagoge zuckte zusammen. Ihm kam es vor, wie wenn das kleine Kerlchen direkt in sein Herz blicken würde. „Das ist noch nicht alles", sagte er zögernd. „Aber davon spreche ich nicht gerne. Es gab Stunden, in denen ich von Zweifeln gequält wurde, weil ich Fehler gemacht hatte, weil ich von den Schülern geärgert wurde, weil ich von den Eltern angefeindet wurde, weil ich von meinen Vorgesetzten getadelt wurde. Stunden, in denen ich erschöpft und nahe am Zusammenbrechen war. In diesen Augenblicken hätte ich am liebsten meinen Beruf an den Nagel gehängt."

„Aber du hast durchgehalten. Vierzig Jahre lang!", meinte der Kleine Prinz anerkennend. „Bereust du, dass du Lehrer geworden bist?"

„Nein!", antwortete der Pädagoge ohne Zögern. „Man muss seinem Leben einen Sinn geben." Er hatte, während sie sprachen, das Blatt mit den roten Zahlen in viele kleine Teile zerrissen. Nun warf er sie hoch, und der Sonnenwind ergriff sie und wehte die unzähligen Schnipsel in den schwarzen Weltraum hinaus.

Der Maler und sein Modell
Ein Kurzdrama
(Mit Anspielungen an den Maler Hubert von Herkomer)

Man sieht das Modell von hinten, auf einem Stuhl sitzend. Auch die Leinwand nur von hinten. Dahinter der Maler, der ab und zu hinter der Leinwand vorschaut.

Maler, während er mit dem Pinsel hantiert:

Ein Maler muss in sein Modell verliebt sein, wenn das Bild etwas werden soll...

Verzeihung, ich wollte Ihnen nicht zu nahe treten! Das hat jemand gesagt, der nach mir kam... Ich wollte nur diesen Ausdruck in Ihren Augen sehen: Überraschung, Erstaunen, Belustigung – all das muss in das Bild hinein...

Man weiß ja nicht, wie die Seele eines Menschen aussieht. Sie sitzt im Körper eingesperrt wie ein Vogel im Käfig. Aber durch die Augen schaut sie heraus...Klar, manche Menschen haben keine Seele. Die male ich nicht...Ich sage: Entschuldigung, Exzellenz! Pardon, Herr Minister! Mein Pinsel ist heute unpässlich...

Ein Künstler nimmt mehr wahr als andere Menschen. Ein Musiker hört die Klänge der Sphären, das Knirschen der Planeten im Gebälk des Universums, den Gesang der Ornamente auf den Flügeln der Schmetterlinge...Ach, ich werde sentimental...

Und der Maler? ...Wenn ein gewöhnlicher Mensch (verzeihen Sie diesen Ausdruck!) zum Beispiel ein Haus anschaut, dann prallt sein Blick an den Mauern ab und fällt zu Boden wie ein nasses Tuch. Der Maler aber sieht durch die Wände in die dahinterliegenden Räume. In Räume voller Glut und Blut, Glück und Trauer, Hoffnung und Verzweiflung... Er sieht auch hinter die Gesichter. Er erkennt die geheimen Linien, die sich durch unser Leben ziehen, durch unseren Körper, durch unsere Städte, durch unsere Landschaften. Er hält sie fest in seinen Bildern. Und alles ist voll Farben, und jede Farbe lebt und unterhält sich mit ihren Nachbarfarben und lacht und weint und schweigt und schreit, je nachdem. Das ist eine prächtige Unterhaltung...

Ach, die Banausen, die nur schauen, sonst nichts. Der Maler hört die Farben sprechen und spürt und schmeckt sie. Er sieht die Linien laufen und tanzen und läuft und tanzt mit ihnen, atemlos, im Rausch der Bewegung...

Sitzen Sie bequem? Den Kopf etwas mehr nach links, bitte!

Was ist wahr, was ist wirklich? Ich frage Sie: Was ist wahr? Was ist wirklich? Ihre Wirklichkeit ist nicht meine Wirklichkeit. Jeder Mensch trägt seine eigene Wirklichkeit in sich herum, manchmal leicht, manchmal schwer. Jedes Tier hat seine eigene Wirklichkeit. Ein Hund, ein Käfer, eine Schnecke in ihrer Sturheit...

Sind Sie stur? Natürlich sind Sie stur! Die Sturheit ist die Gabe der Frauen. Frauen wissen genau, was sie wollen. Die Männer merken es nur nicht...

Jeder Grashalm hat seine Wirklichkeit, jeder Baum, jeder Stein. Sie glauben es nicht? Haben Sie noch nie beobachtet, wie ein Baum seinen Wipfel schüttelt?...Aber es kommt noch besser! Alle diese Wirklichkeiten sind miteinander verbunden zu einer einzigen, umfassenden Wirklichkeit. Und das ist ein großes Geheimnis...

Jeder von uns besitzt nur ein winziges Stück Gegenwart. Sie ihre, ich meine. Nur ein paar Sekunden Zukunft und Vergangenheit. Wir schleppen dieses Stückchen Gegenwart mit uns durch die erodierende Zeit. Verstehen Sie das?...Ein Stück Gegenwart, das uns begleitet wie ein Schatten, wie ein Engel...In das unser Bewusstsein eingebettet ist, auf dem unser Bewusstsein balanciert, ständig um Gleichgewicht ringend. Verstehen Sie das? Nein? Man muss nicht alles verstehen. Es gibt Dinge, die sind einfach unverständlich. Zu einfach, um verständlich zu sein. Wie das Schicksal. Wer kann das Schicksal erklären!

Was bleibt von unserer Wirklichkeit? Ich frage Sie, was bleibt von unserer Wirklichkeit?

Und nach uns wird kommen nichts Nennens-
wertes. Das hat auch einer gesagt, der nach mir
kam. Ein Tor in Bushey, ein maroder Turm in
Landsberg, ein paar Gemälde im Depot.

Sei´s drum! Hätte ich diesen Unsinn gemalt,
den ich Ihnen hier erzähle, würde ich vielleicht
in den Museen hängen und bei Auktionen hohe
Preise erzielen...Ich habe es nicht gemalt, obwohl
ich es gekonnt hätte. Sei´s drum.

Er dreht sich um, zum Publikum:
Was ist wahr, was ist wirklich? Wissen Sie, was
sich hinter dieser schönen Stirn verbirgt? Was aus
diesen schönen Augen schaut?
Wieder zum Modell:
Ich bitte Sie, geben Sie sich Mühe! Versuchen
Sie, etwas Schönes zu denken! Sie wissen ja: Ein
Modell ist seinem Maler ausgeliefert, es kann sei-
nem Pinsel nicht entkommen. Mit einem einzigen
Pinselstrich kann ich Ihr Gesicht in eine hässliche
Maske verwandeln. Jetzt sind Sie wieder erschro-
cken, erstaunt, belustigt! Diesen Blick mag ich....
Nun noch die Glanzlichter in die Augen, das gibt
Leben. Damit hat der Maler Teil an der göttlichen
Schöpfung...
Fertig!!!
Wie gefällt es ihnen?

**Das Modell kommt vor das Bild und fällt
dem Maler mit einem Schreckensschrei ohn-
mächtig in die Arme.**

Der Tonzüchter

Mein Nachbar war ein Tonzüchter.

„Ich bin kein Komponist und kein Tondichter, sondern ein Tonzüchter", erklärte er mir. „Ich züchte meine Töne selber. Eigenbau, verstehen Sie! Welcher Komponist kann das heute noch?"

Ja, welcher Komponist konnte das heute noch! Ich schüttelte den Kopf.

„Kommen Sie doch einfach bei mir vorbei", lud er mich ein.

Das ließ ich mir nicht zweimal sagen. Gleich am nächsten Tag, nach dem Frühstück, besuchte ich ihn. Er führte mich in seinen Garten, eine weitläufige Anlage mit Blumenrabatten, schönem Buschwerk und spiegelnden Wasserflächen dazwischen.

„Was, da staunen Sie!" Seine Augen leuchteten.

Wirklich, das hätte ich nicht erwartet! Ein so zauberhafter Garten gleich in meiner Nachbarschaft. Am aufregendsten waren die Biotope. In den kleinen, von Gräsern und Schilfhalmen umstandenen Tümpeln regte und bewegte es sich, da war ein Gedränge und Gewühle und Gewimmel und Gewusel, dass einem fast schwindlig wurde. Anfangs dachte ich, es seien Kaulquappen, aber es waren Töne.

Lange und kurze, tiefe und hohe, runde und eckige, lustige und traurige Töne.

Die Achtel- und Sechzehntel mit ihren langen Schwänzen schwammen aufgeregt hin und her, schlugen Purzelbäume und drehten Pirouetten. Manche beherrschten sogar, wie ich mit Kennerblick feststellte, die Gefahrenhalse und den Großen Rittberger. Dazwischen, selbstbewusst auf ihrer Bahn, die Viertel und Ganzen. Und schließlich, fett wie ein Kriegsschiff, ein aufgeplusterter Generalbass. Es war ein lustiges Leben in dieser kleinen, tönenden Welt, und ich konnte mich fast nicht satt daran sehen. Mein Nachbar weidete sich an meinem Erstaunen. „Das Zuchtbecken!", erklärte er. „Mein Rohmaterial. Wie der Maler Farbe und Pinsel, der Dichter Wörter und Sätze, so benötigt der Komponist Töne, um seine Hörkunst zu schaffen."

„Und aus diesem Durcheinander machen Sie...?"

„Jawohl!", nickte er, „ich zeige es Ihnen!"

Wir gingen ins Haus. Ein nicht allzu großer, spärlich möblierter Raum. Einige Notenständer, ein Klavier, am Boden Eimer und Töpfe, irgendwo eine Tonpfeife, Tabakkrümel und Kadenzen, in der Ecke eine enharmonische Verwechslung. Wie man sich eben ein Musizier- und Komponierzimmer vorstellt. An den Wänden hingen Violinschlüssel, über deren Hälse Notenlinien gespannt waren wie die Drähte einer Telegraphenleitung. Mein Nachbar holte mit flinker Hand einige Töne aus einem Tontopf und schwupp!, hatte er sie an den Leinen befestigt. Da hingen sie nun und zappelten aufgeregt wie Stare vor dem Flug nach dem Süden. Die Töne aber waren festgepickt, und als er sie anschlug, erklang ein kleines Lied, heiter und schlicht.

„Eine Melodie ist flüchtig wie ein Vogel", sagte er, den verklingenden Tönen nachhorchend. „Sie ist frei wie der Wind, wie ein schöner Gedanke. Man kann sie nicht fangen und in einen Käfig sperren."

Ich nickte versonnen.

„Im Unterschied zur Malerei", fuhr er eifrig fort. „Ein Bild hängt an der Wand, eingesperrt in seinen Rahmen, und ist nur schön. Man sieht sich daran ab. Schönheit vergilbt. Eine Melodie aber wird immer von neuem geboren. Sie ist wie ein lebendiges Wesen: Auferstehung, Leben und Untergang."

Solche und ähnliche Dinge sagte mein Nachbar.

Dann durfte auch ich es versuchen. Das war leichter gesagt als getan! Die glitschigen, zappelnden Töne entglitten immer wieder meinen Händen, und ohne die Hilfe des Tonzüchters wäre es mir nicht gelungen, auch nur die einfachste Melodie auf die Notenlinien zu praktizieren.

Von nun an kam ich öfter. Wir saßen in seinem Tonzüchterzimmer, tranken musikalischen Tee, knabberte geröstete Mandolinenkerne, und mein Nachbar rauchte gemächlich die (in C-Dur gestimmte) Tonpfeife. Und wie der Rauch so in die Luft stieg und sich drehte und ringelte, dachte ich, das ist auch so etwas wie eine Melodie, die entsteht und eine kleine Weile durch das Leben tanzt und vergeht.

„In der Musik ist die Zeit gefangen", sagte mein Nachbar. „Ein Komponist schneidet ein Stück Zeit aus der Ewigkeit heraus und flicht es hinein in seine Melodien. Mit seinen Taktstrichen und dem Largo und Presto und Andante und Allegro zähmt er die Zeit, so wie ein Raubtierdompteur seine Löwen dressiert. Ein Komponist ist ein Zeitdompteur."

Solche und ähnliche Dinge sagte mein Nachbar.

Eines Tages kam er mir schon an der Haustüre entgegen. Seine Augen leuchteten wie die aufgehende Sonne an einem Frühlingsmorgen. „Sie ist reif!", rief er aufgeregt. „Sonnengereift, erntefrisch, voll Saft und Kraft, eine Wonne!"

„Wer ist reif?", fragte ich verständnislos.

„Meine Sinfonie. Das heißt, ihre Zutaten."

„Ihre Symphonie ist reif?", staunte ich.

„Jawohl, mit allem Drum und Dran. Mit einem Kopfsatz, einer Sonate, einem Scherzo, einem Finale, wie es sich gehört. Die Ingredienzien sind fertig. Jetzt müssen sie nur noch zusammengefügt werden."

„Aha", nickte ich. „Wie ein Chefkoch im Sternerestaurant. Das Fleisch geklopft, der Fisch entgrätet, der Hummer abgebrüht, dazu Pfeffer und Salz, Butter und Schmalz, und dann hinein in den Ofen, damit das köstlichste Gericht daraus wird."

„Jawohl!", lachte er. „Meine Sinfonie wird ein Meisterwerk, so großartig, wie es die Welt noch nie gehört hat. Kommen Sie!"

Er führte mich hinaus in den hintersten Teil des Gartens zu einem Bassin, das ich bisher noch nie bemerkt hatte. Und wahrhaftig! Da wimmelte es von prächtigen, prallen, vollreifen Tönen.

Es brauste und brummte und fiepte und zwitscherte und gluckste und pfiff und flötete. Wenn sich Töne der Oberfläche näherten, leuchtete es auf wie flüssiges Silber. Andere schnellten in die Luft, wo sie eine Weile flirrend und sirrend stehen blieben wie glitzernde Libellen, um dann wieder in das Becken zurückzufallen. Bei genauerem Hinsehen erkannte ich bereits halbfertige Strukturen, kühne Modulationen, am Grund gar einige Themen von pathetischer Natur.

Und dann kam, was kommen musste. Mich immer weiter vorbeugend, verlor ich das Gleichgewicht, kippte nach vorne und plumpste hinein in die brodelnde Brühe. Nun, das wäre weiter nicht schlimm gewesen. Für mich, denn der Teich war nicht allzu tief. Für die Sinfonie meines Nachbarn allerdings bedeutete es ein jähes, katastrophales Ende. Ein Wasserfall ergoss sich über den Rand des Beckens, die Töne kullerten über den Boden, zerplatschten und zermatschten auf dem Weg, andere stiegen jaulend hoch wie Feuerwerksraketen. Gewaltiger Donner erschallte. Die explodierende Sinfonie soll noch bis ins Nachbardorf hörbar gewesen sein, erzählte man später.

Als ich mich, einige verirrte Töne aus den Kleidern schüttelnd, ans Ufer gerettet hatte, war mein Nachbar verschwunden. So sehr man auch nach ihm suchte, er tauchte nie mehr auf. Seine Komposition aber ging in die Musikgeschichte ein als die bedeutendste niemals geschriebene Sinfonie aller Zeiten.

Der Wegwerfakrobat

Der Weg ist das Ziel, hat Konfuzius seinerzeit gesagt. Er hat aber vergessen, den Umkehrschluss anzufügen: Das Ziel ist der Weg.

Es dauerte einige Zeit, bis ich ihn gefunden hatte, den Weg. Und zwar im Industriegebiet, in seinem komfortablen Verwaltungscenter.

„Vielen Dank, dass Sie sich die Zeit genommen und mich empfangen haben", sagte ich etwas eingeschüchtert und schaute mich in der voluminösen Räumlichkeit um, die eher dem Salon eines absoluten Monarchen als dem Besprechungsraum eines Unternehmers glich.

„Schießen Sie los", forderte er mich auf und schaute auf die Uhr. „Ich habe genau sechseinhalb Minuten für Sie Zeit. Anschließend erwarte ich eine Wirtschaftsdelegation aus Katchaturian, dann einen mittelamerikanischen Außenminister."

„Weg ist natürlich nur ein Kürzel", sagte er, als wir uns in die voluminösen Sesseln versenkt hatten. „In Wirklichkeit bin ich Wegwerfakrobat. Meine Medienberaterin" - er warf einen schelmischen Blick auf eine attraktive Blondine, die mit etwas aufgeschürzten Lippen hinter ihrem Rechner hockte - „meine Medienberaterin hat mich dann hinten beschnitten. Wegen der medialen Prägnanz. Weg klingt einfach griffiger, wenn Sie verstehen, was ich meine."

Ich verstand. Natürlich verstand ich.

„Und was machen Sie als – äh – Wegschmeißakrobat?“, erkundigte ich mich.

„Wegwerfakrobat“, verbesserte er mich. „Wie schon der Name sagt, werfe ich weg. Aber nicht auf die übliche, ordinäre Weise: die Ofenbank auf den Sperrmüll, die Illustrierte in die Papiertonne, die Oma ins Seniorenstift. Nein, ich mache es auf akrobatische Art.“

„Sie sind sozusagen ein Entsorgungsspezialist“, interpretierte ich. „Eine Art Recyclingfirma.“

„Eine akrobatische“, ergänzte er. „Wir entsorgen zum Beispiel unreine Gewissen.“

„Sie waschen schlechte Gewissen rein?“

„Nein! Auf schlechten Gewissen bleibt immer ein Grauschleier. Wir verarbeiten sie zu Straßenbelag, verbauen sie in subventionierten Solarparks, verarbeiten sie zu biologisch kontaminierter Wurst. Das heißt, wir führen sie einer nachhaltigen, sinnvollen Wiederverwertung zu.“

„Und sonst?“, fragte ich.

„Weltanschauungen“, fuhr er fort. „Veraltete, unbrauchbar gewordene Weltanschauungen. Sie eignen sich hervorragend zur Herstellung von Einmaltaschentücher. Da kann man seine ganze veraltete Meinung hineinrotzen. Überhaupt unsaubere Gedanken! Früher hat man sie in den Beichtstuhl getragen und dem Pfarrer zur gelegentlichen klerikalen Wiederverwertung überlassen. Heute verkaufe ich sie an die Medien. Fernsehen, Illustrierte, Internet. Sie können sich gar nicht vorstellen, mit welcher Leidenschaft die Öffentlichkeit daran partizipiert.“

Er blickte auf die Uhr.

„Oh", sagte ich und öffnete meine Aktentasche. „Ich habe da auch etwas dabei. Meine veraltete Weltanschauung. Ziemlich viel Marx. Und Habermas."

Er begutachtete sie etwas angewidert. Sie hing wie ein nasser Putzlappen zwischen seinen Fingern.

„Schon ziemlich ramponiert", stellte er fest. „Na ja, weil Sie es sind – ich nehme sie Ihnen ab, wenn Sie noch ein bisschen was drauflegen. Einige Notlügen und üble Nachreden zum Beispiel. Natürlich nicht über mich", er lachte belustigt, „sondern..." Er warf den Namen eines bekannten Politikers auf ein Papier.

Ich versprach, meine Schulden baldmöglichst zu begleichen. Mit einem geschmeidigen Händedruck wurde ich entlassen. In der Tür kam mir die lächelnde Wirtschaftsdelegation von Katchaturian entgegen.

Dichter im Mondschein

Es gibt Landschaften, die sind einfach wie das kleine Einmaleins. Ein Wald, ein Weg, eine Wiese, nicht mehr. Ein Lob der Einfachheit. Zugegeben, ein paar Distelblüten, etwas Spitzwegerich, ein Schmetterling drüberhin, das dürfte schon sein. So wie der Zucker im Kaffee, der Pfeffer im Salat, der Lyriker im Mondschein. Man könnte sie malen, diese Landschaften, in kräftigen, reinen Farben. Oder vertonen, in kräftigen, reinen Tönen, keine verminderten Akkorde, keine Glissandi. Töne, die weit ins Land hinaus klingen wie die Töne eines Jagdhorns.

Perfekt!, rufen die Maler. Kein Baum zu viel, kein Grashalm zu wenig. Perfekt!, rufen die Dichter, kein Wort zu viel, keine Silbe zu wenig. Perfekt!, ruft der Bürgermeister. Eine ideale Landschaft. Einfach klassisch schön. Bestens geeignet für unser neues Gewerbegebiet.

Aber nein, das rief er nicht! Am Wegrand wohnte nämlich ein alter Mistkäfer, der seinen Grund nicht hergeben wollte. Deshalb geschah etwas ganz anderes: Der Maler malte ein Gemälde, der Komponist komponierte ein Lied, der Dichter dichtete ein Gedicht. Dann fassten sie sich an den Händen und tanzten im Kreis herum, ein Gesamtkunstwerk, in dessen Mittelpunkt der Mistkäfer hockte und mit seinen tiefblauen Flügeln glänzte.

Aber nein, so war es nicht! Der Maler war eine Malerin, Kunststudium in Bochum, Meisterschülerin bei Hagen von Tronje, Ausstellungen in Neuwied, Katmandu und Dinslaken. Der Dichter war eine Dichterin, Germanistik und Anglistik in Regensburg, Praktikum als Pädagogische Assistentin in der Oberpfalz, Gedichte in der Nationalbibliothek des Deutschen Gedichts und diversen Anthologien. Der Komponist war eine Komponistin, Ausbildung in Kirchenmusik und Blockflöte, auf 400-Euro-Basis beschäftigt beim Kinderchor von Sankt Nimmerlein in Kleinkochem ob der Tauber. Und der Mistkäfer war gar keiner, sondern der Tarifentwickler des Münchner Verkehrsverbunds.

Nein, so war es nicht! „Bei uns ist die Welt noch in Ordnung!", rief der Bürgermeister. „Kein Gewerbegebiet soll unsere Postkartenlandschaft verschandeln! Hier werden wir einen Solarpark errichten, in dessen Energiespiegeln der Föhnhimmel leuchtet und die Frühlingswolken tanzen. Und auf den Horizonten rundum sollen sich die Windräder drehen wie einstmals die Mühlen am rauschenden Bach, auf dass die erneuerbare Energie sich ständig erneuere und unsere dörfliche Heimat nicht untergehe in den schäumenden Bilanzen von EOS und Rheingold, sondern sich niederschlage in den Nachtragshaushaltshaushalten unserer Gemeinde", und die Räte nickten ehrfürchtig dazu und strichen sich die Bärte.

Nein, so war es abermals nicht! Aber wie war es dann? „Ein Lyriker im Mondschein, das könnte angehen", sagte der Mistkäfer. Er lag auf der blühenden Wiese, einen Grashalm im Mund, wie einstmals der Lenbach´sche Hirtenbub aus Aresing. Nein, nicht er, ich war es, der da lag, und der Käfer krabbelte meinen Zeigefinger hinauf. „Ein Lyriker im Mondschein", sagte er. „Wenn er sich bemüht, den Mondschein nicht zu verbiegen und der Nacht nicht zu nahe zu treten, das wäre schon was! Und wenn er dann noch ein Gedicht machen würde, ein ganz kleines Gedicht aus Wald und Wiese und Weg, das wäre schon was", sagte er.

„Ich werde mich bemühen", sagte ich, nahm den Kugelschreiber in die Hand und begann zu schreiben.

Die Dimensionen meines Onkels

Es ist an der Zeit, auch einmal über die Dimensionen meines Onkels zu sprechen. Wie eine zweidimensionale Kugeloberfläche das dreidimensionale Kugelinnere umgibt, so umschließt kraft Analogieschluss die dritte Dimension die vierte und so fort. Mein dreidimensionaler Onkel beinhaltet also einen vierdimensionalen, dieser einen fünfdimensionalen (falls der Terminus Onkel in solchen Sphären noch angebracht ist).

Im Gegensatz zu unsereins gibt es Menschen, die die Dimensionen wechseln können. Mein Onkel gehört dazu. Wenn er plötzlich verschwunden ist, ist er nicht verschwunden, sondern hat nur die Dimension gewechselt, so wie man ein Hemd wechselt. Und dann taucht er im selben Moment in Neuseeland oder sonstwo wieder auf. Nur eine Sache der Imagination, sagte er aus einer linken Zahnlücke seines Gebisses heraus.

Es gibt magische Orte, wo solche Dimensionssprünge ohne weiteres gelingen. Auf der Leopoldstraße in München zum Beispiel, im Sargassomeer oder unter dem Küchentisch in unserem Wohnzimmer . Es ist auch nicht so, dass manche Ereignisse nicht stattgefunden hätten. Der spektakuläre Einsturz des Ulmer Münsters fand tatsächlich statt, allerdings in einer anderen Dimension. Auch die berühmte Klobürstenrevolution von 1848 wurde durchgeführt, aber mit Hilfe der restaurativen Kräfte seinerzeit aus unserer dritten in die vierte Dimension verschoben. Umgekehrt geschah die Entdeckung Amerikas durch Kolumbus gar nicht in unserer Welt, sondern war nur eine Verlagerung aus der vierten Dimension, weil man dort mit Amerika nichts anfangen konnte. Überhaupt sind solche Katastrophen wie die Entdeckung Amerikas oder der Dreißigjährige Krieg meist gar keine Erzeugnisse unserer dreidimensionalen Welt, sondern aus der vierten herübergespiegelt.

Was meinen Onkel betrifft, so gelang es ihm, auf der Leopoldstraße in Neuseeland unter dem Tisch eines Straßencafes eine Klobürstenrevolution anzuzetteln, die dann allerdings von einer Privatarmee der Sanitärindustrie niedergeschlagen wurde. „Alles, das Leben, die Erde und der ganze Rest des Universums sind holographisch aufgebaut", sagte mein Onkel, nachdem er sich aus der vierten Dimension zurückgebeamt hatte. „Das individuelle Bewusstsein jedes einzelnen Menschen enthält das kollektive Bewusstsein der Menschheit. Im schreckgeweiteten Auge eines angeschossenen Tieres spiegelt sich der Schmerz allen Lebens, in den Träumen der Libellen manifestiert sich die Sehnsucht der Evolution." Ich wusste nicht recht, was Holographie mit den Dimensionen und das kollektive Bewusstsein mit der Evolution zu tun hatten. Er hockte auf dem Teppich unter unserem Wohnzimmertisch wie ein Frosch auf einem Lotosblatt und hatte seinen tertiären Saurierblick, den er immer besaß, wenn er von einer anderen Dimension herüberkam.

„Jedes Leben ist eine Heldenreise", sagte er aus einer linken Zahnlücke seines Gebisses heraus. „Ich bin der Held. Du bist mein Begleiter."

„Ich bin dein...", stotterte ich. Er achtete nicht auf mich. „Außerdem brauchen wir noch einen Gegner", sagte er. „Das ist bei jeder Heldenreise so. Der Held macht sich, assistiert von seinem etwas minderbemittelten Begleiter, auf den Weg. Es stellen sich ihm fürchterliche Feinde entgegen. Sie werden aber alle nach schrecklichem Kampf besiegt, und der Held und sein etwas minderbemittelter Begleiter kehren triumphierend in die Heimat zurück und heiraten die Prinzessin."

„Sie heiraten...alle beide...?", stotterte ich.

„Das kommt später. Zunächst brauchen wir einen grässlichen Feind."

„Und wo kriegen wir auf die Schnelle einen grässlichen Feind her?"

Habe ich schon erwähnt, dass unter unserem Küchentisch eine magische Stelle ist, in der sich die Dimensionen quasi die Hand reichen? Unser dreidimensionaler Tisch beinhaltete also einen vierdimensionalen, dieser einen fünfdimensionalen und so fort. Das wäre weiter nicht schlimm gewesen, wenn solche Möbelstücke in höheren Dimensionen nicht ungeahnte Eigenschaften besäßen. Wir hätten es wissen müssen! Aber manchmal ist mein Onkel, in welcher Dimension auch immer, mit Blindheit geschlagen.

„Einen Feind?", sagte er. „Da nehmen wir einfach ein Tischbein."

Das Tischbein wehrte sich mit allen Mitteln.

Blitze zuckten aus seinen Astaugen, Feuer und Rauch quoll aus dem grässlichen Rachen, es schlug mit seinen krallenbewehrten Pranken um sich, dazu schrie und brüllte es wie ein Hochofen im Überdruckmodus.

Es war ein Kampf auf Leben und Tod. Schließlich gelang es mir, das Tischbein in den Schwitzkasten zu nehmen. Mein Onkel rannte schon zur Motorsäge, um ihm endgültig den Hals abzuschneiden, da geschah etwas, was wir nicht erwartet hatten.

Die anderen drei Tischbeine sprangen dem besiegten Tischbein bei und begannen, auf uns einzuprügeln, dass uns Hören und Sehen verging. Trotzdem hätten wir die Oberhand behalten, wenn sich nicht nach und nach die Tischplatte, das Wohnzimmermobiliar, die weitere Umgebung und schließlich das Kaspische Meer, die Gravitationskonstante und der Wendekreis des Krebses eingemischt hätten.

Wir wehrten uns mit dem Mut hoffnungsloser Verzweiflung. Mein Onkel changierte von einer Dimension in die andere, rührte mit Urgewalt im Sargassomeer herum, fegte wie ein Tornado die Leopoldstraße hinauf und rumorte gleichzeitig in der Zahnlücke seines linken Gebisses. In Pisa brachte er den Schiefen Turm ins Wanken, der Venus von Milo zerbrach er die Extremitäten, das damals noch blühende Vineta tauchte er so lange, bis es gänzlich versank. Als er schließlich daranging, das römische Imperium zu ruinieren, kam es zu einem singulären, bisher nie dagewesenen

Ereignis: Einem Dimensionskollaps. Die erste Dimension fiel in die zweite, die zweite in die dritte, die dritte in die vierte, und ich in Ohnmacht.

„Jedes Leben ist eine Heldenreise", murmelte mein Onkel aus seiner linken Zahnlücke heraus. „Die Sanitärindustrie ist holographisch aufgebaut, in den Träumen der Libellen manifestiert sich die Venus von Milo..."

Er lag eine Armlänge neben mir im Nachbarbett, und eine - ausnehmend hübsche - Krankenschwester beugte sich gerade über ihn.

„Er phantasiert", flüsterte sie teilnahmsvoll. „Kein Wunder bei den schrecklichen Beulen auf seinem Kopf."

„Es sind nicht die Beulen. Es ist die mehrdimensionale Heldenreise", sagte ich. „Der Held macht sich, begleitet von seinem Begleiter, auf den minderbemittelten Weg", lallte ich. „Es stellen sich ihm alle möglichen, fürchterlichen Feinde entgegen", lallte ich.

„Die Helden werden nach schrecklichem Kampf besiegt, und Held und Begleiter kehren triumphierend in die Heimat zurück", assistierte mein Onkel vom Nachbarbett herüber.

„Und wann heiraten wir die Prinzessin?", fragte ich, während sich das – ausnehmend hübsche - Gesicht der Krankenschwester verflüssigte und, buntschillernde Schlieren hinter sich herziehend, durch das Sargassomeer davonschwamm.

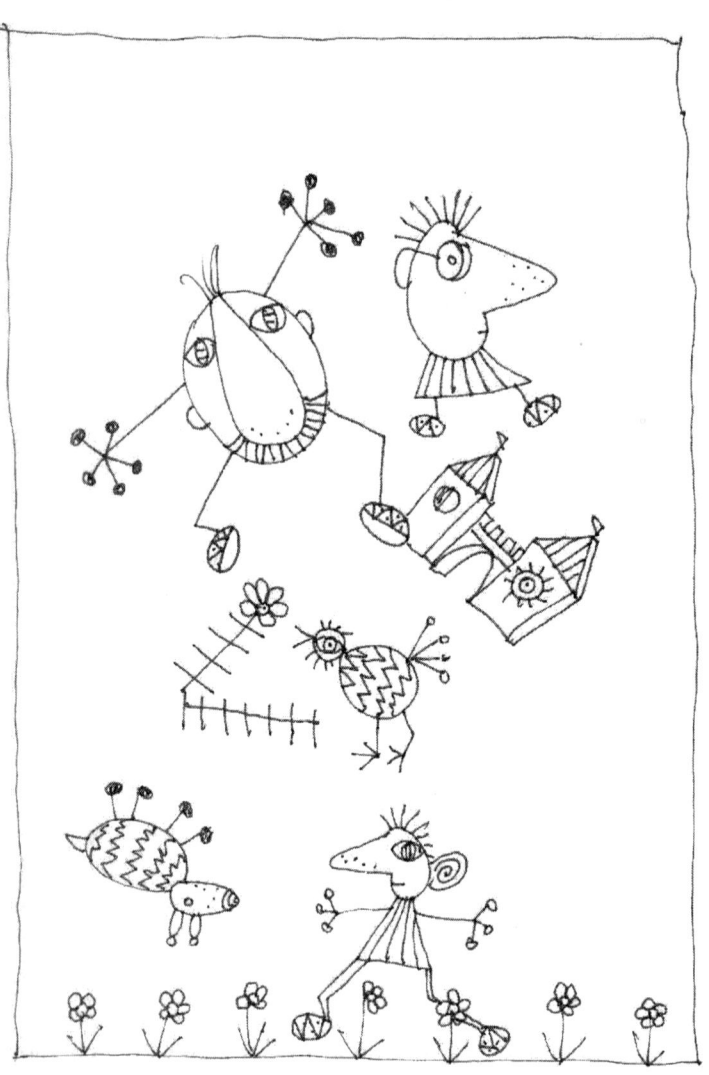

* Heute geht man von 11 Dimensionen aus (nach Hawking), aber das kann sich ändern. Manche Leute meinen sowieso, dass die Dimensionen nichts Festgefügtes sind, sondern von uns Menschen je nach Bedarf erschaffen werden.

* Hilfsgeräte zur Durchführung von Dimensionssprüngen sind unter anderem die Schrumpfmuffe und der bogengängige Inliner.

Dornröschen, die Kunst und eine Kröte

Ich war unterwegs, hinter Honsolgen, der Wind summte in den Weiden, die Blätter raschelten unter meinen Füßen, da gesellte sie sich zu mir.

„Bin ich schön?", fragte sie. Na ja, schön war sie gerade nicht. „Bin ich wahr?" So richtig wahr, nein, war sie auch nicht. „Bin ich wirklich?"

Ich schaute sie aufmerksam an. „Wer bist du?", fragte ich.

„Ich bin die Kunst", sagte sie. Mir fiel die Kinnlade herunter. Das war das Letzte, was ich erwartet hatte.

„Die Kunst kann man nicht definieren", erklärte sie. „Man kann sich ihr nur in Aphorismen nähern." In diesem Augenblick bedauerte ich, kein Aphorismus zu sein.

Als sich Dornröschen an einer Kompassnadel stach, verlor sie die Orientierung und fiel in einen tiefen Schlaf. Natürlich schlief sie keine tausend Jahre, das ist maßlos übertrieben. Sie erwachte am nächsten Vormittag, und da saß eine Kröte auf ihrer Bettdecke.

„Du musst mich küssen", sagte die Kröte.

„Da könnte jeder kommen", rief die Prinzessin. „Wer bist du überhaupt!"

„Ich bin die Kunst", quakte die Kröte. Nun ist es mit der Kunst so eine Sache. Wer, was, wie oder warum ist Kunst überhaupt? Es gibt keine allgemein gültige Definition. Man kann sich ihr nur unter verschiedenen Aspekten nähern, unter dem soziologischen, anthropologischen, philosophischen, theologischen Aspekt, was weiß ich. Kurz und gut: Die Kunst blieb ungeküsst, wurde gar aus dem Schlafzimmer geworfen und wandert seither ruhelos durch die Weltgeschichte.

Ich habe nie verstanden, warum zum Haus meines Onkels dreiundzwanzig Stufen hinauf, aber nur zweiundzwanzig hinunter führen. Das Gebäude lag etwas erhöht auf einem kleinen Hügel und besaß zwei Flügel, einen links und einen rechts. Manchmal breitete es die Flügel aus und flog davon. Mein Onkel verwandelte dabei die Küche in ein Cockpit. Das war sehr praktisch. Ein Cockpit, in dem man kochen, eine Küche, mit der man steuern konnte. Wenn mein Onkel von seinen Ausflügen heimkam, erzählte er die aufregendsten Geschichten. Wie er auf dem Gipfel des Hokusai notlandete, wie er in einem Gemälde von Campendonck ins Trudeln geriet, wie er über einem Gedicht von Ulla Hahn mit dem Fallschirm abspringen musste. Sein Haus kehrte dann ohne ihn heim. Er selber wurde von einem Filmteam gerettet, das gerade eine Doku über die deutsche Literatur drehte. Einmal, so erzählte er, verlor er gänzlich die Orientierung. Seine Kompassnadel war ausgefallen, und er landete direkt auf Dornröschens Bettdecke. Sie stach sich daran und schlief anschließend bis zum nächsten Morgen. Dann warf sie ihn an die Wand, worauf er sich in eine Kröte verwandelte. Märchen sind grausam, sagte mein Onkel. Er musste mehrere Tage durch den Urwald wandern, um den Zauberpilz zu suchen, der eine Kröte wieder in einen Menschen verwandeln kann.

„Eine Kröte in einen Menschen?", sagte der Pilz, ein rotkarierter Speitäubling. „Nein, das hat bisher noch niemand geschafft. Aber wir können es einmal versuchen." Er trug eine Melone, ein Monokel balancierte auf seiner Nase. Insgesamt sah er aus wie ein Kunsthändler aus der Gründerzeit. Schwupp! leerte er einige Säcke verrosteter Konsonanten und Vokale auf dem Fußboden aus.

„Hieraus musst du eine Geschichte machen!", sagte er. „Wenn du es schaffst, wirst du erlöst. Wenn es dir nicht gelingt, fresse ich dich." Natürlich schaffte es mein Onkel nicht und wurde gefressen, was aber weiter nicht schlimm war. Von einem Pilz gefressen zu werden ist etwas anderes, als selber einen Pilz zu essen. Dies gab ihm später Gelegenheit, die Kunst kennenzulernen. Das waren aufregende Zeiten!

Habe ich schon erwähnt, dass mein Onkel ein kleines Haus besaß, zu dem dreiundzwanzig Stufen hinauf, aber vierundzwanzig hinab führten? Dort saßen wir dann beisammen, in der kleinen Cockpit-Küche, der Pilz, die Kunst und ich, und diskutierten über Gott und die Welt auf Teufel komm raus. Er kam aber nicht heraus. „Ich bin es, die den Menschen zum Menschen macht", sagte die Kunst und musterte mich mit ihren Froschaugen. Ich hatte sie zufällig auf einem Spaziergang getroffen, worauf ich sie einlud, eine kleine Rast im Haus meines Onkels einzulegen. Dort trafen wir dann auch den Zauberpilz.

Der rotkarierte Speitäubling hatte gerade den Zapfhahn aufgemacht, wir tranken metaphorisches Weißbier und schwelgten in poetischen Gedanken. Zuguterletzt platzte auch noch ein Gedicht von Ulla Hahn in die Stube, da wurde es richtig eng. Weiß der Teufel, wo es herkam. Es war das Gedicht, über dem mein Onkel abgestürzt war. Es rezitierte sich selbst, was uns ein großes Vergnügen bereitete. Vielleicht wurde ich dann doch noch ein Aphorismus, ich weiß es nicht mehr. Ich kann auch nicht sagen, wie ich wieder nach Hause kam. Als ich am Morgen nach langem, tiefem Schlaf aufwachte, sah ich die Kunst auf der Bettdecke sitzen. Ich zögerte keinen Augenblick und warf sie an die Wand, worauf sie sich sofort in eine Kröte verwandelte und seither ruhelos – oder auch nicht, wer weiß das schon...

Ein Indianermärchen

„Wenn man zu lange wartet, wird die Zeit alt",
sagte er. „Sie verliert ihren Klang und verstimmt
sich. Dann muss man sie begraben. Wächst Vergangenheit heraus, ein boshaftes Unkraut. Muss
man ausjäten", sagte er. „Ich werde dir eine Geschichte erzählen. Eine alte Geschichte, wie sie
früher die Indianer am Feuer vor ihren Tipis erzählt haben. Eine Geschichte von der Entstehung
der Tiere. Früher gab es nämlich noch keine Tiere
auf der Erde. Es gab Berge und Täler und Flüsse
und Seen und Wiesen und Wälder, aber es gab
keine Tiere."

„Das war sicher schrecklich langweilig", warf
ich ein.

„Wie man´s nimmt", sagte er. „Es gab Musik."

„Musik?"

„Jawohl! Die Bäume rauschten in schönen Harmonien. Die Bäche gluckerten und flüsterten
in bunten Akkorden. Die Blumen dufteten und
schillerten und trillerten und flöteten auf die
wunderbarste Weise."

„Und warum taten sie das?"

„Aus Sehnsucht nach Leben", sagte er. „Stell
dir vor! Als die Sehnsucht stark genug geworden war und die Musik alles erfüllte, geschah das
Wunder."

„Ein Wunder?"

„So erzählen es sich die Indianer. Die Töne ver-
wandelten sich in Tiere. Das Gluckern des Baches

68

verwandelte sich in Fische, das Rauschen der Bäume wurde zu Vögeln, aus den Melodien der Blumen entstanden Hummeln und Bienen und Schmetterlinge, aus dem dunklen Sang der Wälder die Bären und Hirsche, aus der Melodie des ewigen Grases die Büffel."

„Wie seltsam!"

„Jawohl, denk dir nur! Wir können sie heute noch ahnen, die alte Musik. In den Flügeln der Schmetterlinge schillert sie. Im Glitzern der Schuppen, wenn die Fische sich aus dem Wasser werfen. Im Gesang der Lerchen, wenn sie hoch in den Himmel hinauf steigen."

„Und die Menschen?"

„Ach ja, die Menschen. Die hätte ich beinahe vergessen", sagte er. „Als Gott (nicht unserer, sondern der Gott der Indianer) über die Erde wanderte, merkte er, dass immer noch Klänge herumlagen, Reste, die sich irgendwo verkrochen hatten und vergessen worden waren. In verlassenen Vogelnestern, lichtdunklen Höhlen, hohlen Meeresmuscheln. Die einen schön, die anderen krächzend, hässlich, akustischer Abfall. Aber auch sie hatten ein Recht auf Leben. Diese Klangreste kratzte er zusammen, und daraus entstand..."

„Der Mensch", sagte ich.

Er nickte. „Und darum sind die Menschen ein wenig gut und ein wenig schlecht", sagte er. „Wenn die Zeit alt wird, verliert sie ihren Klang. Sie verstimmt sich. Wird Vergangenheit daraus. Muss man ausrotten, dass neue Zeit wachsen kann, wenn du verstehst, was ich meine."

Ein Sommernachtstraum
(geschehen im Biergarten des Deutschen Hauses
zu Waal, Juni 2015)

Da kamen sie zusammen: Die Geige aus dem Norden, die Gitarre aus dem Süden, die Mandoline aus dem Osten, die Trommel aus dem Westen. Sie kamen zusammen beim Deutschen Haus, draußen im Garten. Die Geige begann zu spielen, ein wenig zaghaft und zögerlich am Anfang, sie musste sich erst umsehen, wer da hockte und wie die Stimmung war, dann fiel die Gitarre ein, die Mandoline begann zu trillern und zu zirpen wie eine rechte Sommergrille, schließlich meldete sich auch die Trommel zu Wort: Hört her, sagte sie, ich gebe den Rhythmus, und dass mir keiner aus dem Takt fällt! Nun ließ sich auch Eberhard nicht lange bitten. Er schleppte seinen Brummbass heran und zupfte und riss an den Saiten, wie wenn sie Sehnen eines Bogens wären und er die Töne hinausschießen müsste in alle Ferne und Ewigkeit.

Das war eine lustige Musik beim Deutschen Haus in Waal, draußen im Garten unter den Buchen. Da begann das portugiesische Meer gegen die Klippen zu rauschen, der Wind wehte über die unendliche Puszta, und das Boot der Verliebten schaukelte auf den Wellen des großen Kanals. Vielleicht wurde auch der Dorfbach, der nahe vorbeifloss, von einer unbestimmten Sehnsucht hingezogen. Er konnte ja nicht wissen, dass sich seine

Wasser einstmals mit den Wassern des Lechs und der Donau vermischen würden. Aber wie zwei Parallelen sich im Endlosen zusammenfinden, so wird jede Sehnsucht einmal in Erfüllung gehen, und sei es auch in ferner Unendlichkeit.

Das war eine lustige Musik beim Deutschen Haus, draußen im Garten unter den Buchen. Die Töne sprangen auf und nieder und schaukelten im Wind und schwebten hinauf in die Zweige und verfingen sich in den Blättern und begannen auf geheimnisvolle Weise zu glänzen und zu leuchten.

Ich musste wohl eingeschlafen sein, und als ich aufwachte, waren die Musikanten verschwunden und die Instrumente und die Zuhörer; der ganze Garten lag leer. Die blaue Nacht aber war immer noch da, und die Sterne blinzelten mit tausend Augen aus samtenem Tuch herunter, und die Töne waren zu glänzenden Ketten geworden, die zwischen den Zweigen hingen. Da kam sie herab auf den schaukelnden Melodien, wie eine Seiltänzerin: Titania, die Königin der Nacht, und die Elfen umschwirrten sie. Und ehe ich mir's versah, legte sie ihren Arm um mich und kraulte mir die Haare und küsste mir die langen Ohren, dass es meinen Körper vom Kopf bis zu den Hufen durchrieselte mit einem seligen Fieberschauer.

„Come, sit thee down this flow´ry bed,
While I thy amiable cheeks to coy,
And stick musk-roses in thy sleek smooth head,
And kiss thy fair large ears, my gentle joy.”

Sie sprach Englisch, was mich nicht weiter ver-
wunderte, kam sie doch aus der Sternenwelt, wo
die Engel beheimatet sind. Ihre Elfen aber umschwirrten mich, wie Hummeln eine Blüte um-
schwirren, und kitzelten mich im Gesicht und
verjagten die Mücken und strichen mir süßen
Honig ums Maul.

„Sleep thou, and I will wind thee in my arms.
Fairies be gone, and be all ways away."

So sagte sie und scheuchte die Elfen davon und
umschlang mich wie der Efeu die borkige Rinde
der Ulme.

Ich musste wohl wiederum eingeschlafen sein,
denn als ich aufwachte, war Titania verschwunden, und die Elfen waren alle weg, und die Töne
und Melodien hingen matt und schlapp in den
Zweigen und schaukelten traurig hin und her.
Durch die Baumäste aber fuhren blaue Blitze,
das waren die Lichter eines Polizeiautos. Und da
waren auch Polizisten. Von Nachtruhe sprachen
sie und von Ruhestörung und Strafmandat, und
das klang gar nicht freundlich. Da schlich sich
zuerst die Geige davon, sie hatte ihren Hals weit
vornüber gebeugt und kroch wie eine Schnecke
über den Steg, und die Gitarre folgte ihr, und die
Mandoline ließ erschrocken ihre Zirptöne fallen,
dass sie wie Kiesel über den Boden hüpften. Sogar
die Trommel schwieg, etwas unwillig zwar, und
sträubte das Fell und knurrte leise zwischen den
Zähnen. Dem Kontrabass hatte es glatt die Stimme verschlagen, und mit zitternden Saiten und

klappernden Wirbeln verzog er sich ins Haus. Zum Schluss war nur noch ich da und der Polizist.

„Wenn wir Anstoß erregt haben, denkt nur dies", sagte ich, „dass ich hier geschlummert habe. Und dieses Stück von Torheit und Verrücktheit tadelt nicht. Wenn ihr vergebt, wollen wir uns bessern. Wenn wir das unverschämte Glück haben", sagte ich, „ jetzt der Schlangenzunge zu entgehen, wollen wir bald den Schaden wieder gut machen. Gebt mir eure Hände, dass wir Freunde sind."

So sagte ich und streckte dem Polizisten, der mich entgeistert anstarrte, die Hände entgegen.

*die Singold
*Komm, setz dich auf dies blumige Bett, während ich deine liebenswürdigen Wangen kose und Moschusrosen an deinen samtenen, glatten Kopf stecke und deine schönen großen Ohren küsse, mein lieber Schatz.
Shakespeare, Ein Sommernachtstraum, Reclam 9755, S.100. Übersetzung von Wolfgang Franke.
*Schlafe du, und ich will meine Arme um dich winden. Elfen, geht fort, verteilt euch in alle Richtungen.
*Siehe S. 103: „So schlingt sich die Winde zart um das süße Geißblatt; das weibliche Efeu umrankt so die borkigen Finger der Ulme."

Guter Rat ist teuer und
schlechter auch nicht billig

Es waren einmal drei Geigen, die kamen jeden
Samstag zusammen und spielten miteinander. Sie
waren aber nicht allein, eine Klarinette war auch
dabei. Und die Klarinette spielte am schönsten
von allen. Sie spielte so wunderbar, dass die drei
Geigen gleich verliebt in sie waren. Sie waren
aber nicht eifersüchtig aufeinander, sondern sie
sagten: Es genügt, wenn jede von uns ein Drittel
von der Klarinette hört, denn für eine allein wäre
soviel Schönheit gar nicht zu ertragen.

Sie spielten immer, was gerade passte. Im Frühling spielten sie von den frischgrünen Wiesen
und den goldenen Löwenzahnblüten und dem
glasblauen Frühlingshimmel. Und wenn die Lerchen jubilierten, dann jubilierte auch die Klarinette in himmlische Tonlagen hinauf und es war,
wie wenn die ganze Welt in Tönen und Farben
schwimmen würde. Und dazwischen konnte man
sogar den Ruf des Kuckucks hören. „Kuckuck",
rief er, „schaut, wie schön die Welt ist!"

Im Herbst spielten sie von den tausend Farben
des Herbstlaubs und vom geheimnisvollen Rauschen des Windes in den Zweigen, und die Fülle
der Töne schimmerte und leuchtete, und die Sonne stand rot am Horizont. Dazwischen aber spürte
man schon ein wenig die Wehmut des Vergehens.

Selbst im Winter schliefen unsere drei Geigen und die Klarinette nicht. Sie waren ja keine

Murmeltiere, die sich in eine Erdhöhle verkriechen und die kalten Tage verträumen. Nein, das waren sie nicht! Sie rückten in der warmen Stube zusammen, die Kerzen flackerten, das Feuer knisterte im Ofen, und spielten trauliche Weisen, in die man sich einhüllen konnte wie in einen warmen, pelzgefütterten Mantel.

Und im Sommer? Da spielten sie in voller Pracht, und jedes Instrument versuchte, schöner und strahlender zu klingen als das andere. Am schönsten und strahlendsten aber klang es, wenn sie miteinander musizierten in schönem Einklang und gemeinsamer Harmonie.

Eines Tages aber ging die Nachricht im Land herum, die Prinzessin sei krank. Sie schlafe den ganzen Tag, und wenn sie nicht schlafe, dann sei sie traurig und würde nicht mehr lachen und singen und tanzen und springen, wie sie es sonst immer gemacht hatte. Das kam von der Schwarzen Fee. Sie war nämlich nicht zum Geburtstag eingeladen worden und hatte sie mit einem schrecklichen Fluch belegt, man kennt das ja.

Da war nun guter Rat teuer und schlechter Rat auch nicht billig. Die klügsten Ärzte aus dem ganzen Land kamen herbeigefahren und standen um das Bett der Prinzessin herum und wackelten mit den Köpfen und gaben ihr Hartweizengrieß und Muschelmehl und Bachblütentee. Aber sie wurde nur noch kränker davon.

Und die Weisen und die Dichter des Landes wurden eingeladen. Sie kamen mit dem Fahrrad, weil sie sich ein Auto nicht leisten konnten. Sie standen um das Bett der Prinzessin herum und schüttelten die Köpfe und nickten auch gelegentlich. Sie sagten, wenn man die Wahrheit unter den Sattel legt und einen Tag lang darauf herumreitet, wird sie bekömmlicher. Sie sagten: Der Duft des Flieders ist eine Idee, dem Frühling ins Decolleté geworfen. Sie sagten: Wer vor seiner eigenen Türe kehrt, muss zuerst eine haben. Solchen Unsinn sagten sie, aber die Prinzessin wurde davon immer nur kränker.

Dann holte man die Gaukler und Spaßmacher des Landes. Sie kamen zu Fuß, weil sie sich kein Auto und kein Fahrrad leisten konnten. Sie hüpften um das Bett der Prinzessin herum und machten ihre Späße und tanzten und jonglierten und drehten lange Nasen und schlugen Purzelbäume. Aber die Prinzessin gähnte nur und schlief wieder ein.

Schließlich versuchte man es mit Musik, da wurden auch unsere drei Geigen und die Klarinette eingeladen. Sie stellten sich um das Bett der Prinzessin herum und begannen zu spielen. Vom Frühling spielten sie und vom Sommer und vom Herbst und vom Winter. Aber –wie seltsam! - es wurde nichts Rechtes daraus. Der Frühling war verregnet, im Sommer gab es Gewitter und Hagel, der Herbst war voller Nebel und Glatteis, und im Winter war es kalt und frostig und überhaupt außerordentlich grässlich. Das kam davon, dass die schwarze Fee unsichtbar hinter dem Vorhang stand und die Instrumente verzauberte.

Sie verzerrte die Töne, verbog die Notenschlüssel und zerbrach die Tonleitern. Die Kadenzen purzelten durcheinander, die Akkorde gerieten auf die Gegenfahrbahn, die Melodien verdrehten sich zu einem unauflöslichen Knoten. Alles klang, wie wenn man einen Vanillepudding mit einem Kuhfladen verrührt hätte. Oder so ähnlich.

Da begann die Prinzessin zu heulen, und der König und die Königin flohen entsetzt aus dem Zimmer. Unsere Musikanten aber wurden mit Schimpf und Schande aus dem Schloss gejagt.

Da war nun guter Rat teuer und schlechter Rat auch nicht billig. Nun saßen sie da, die Klarinette und die Geigen, im Straßengraben an der Grenze des Königreiches, und wussten sich keinen Rat. Sie waren so traurig, dass sie nicht mehr miteinander musizieren wollten, weil sie sich vor den falschen Noten und Kadenzen und Akkorden fürchteten.

Schließlich beschlossen sie, mich aufzusuchen. „Du bist der Autor", sagten sie. „Du hast die Geschichte bis hierher geschrieben und uns dieses Schlamassel eingebrockt. Du hättest es dir ganz einfach machen können: Wir musizieren miteinander so prächtig und herrlich und großartig, dass die Prinzessin die Augen aufschlägt und aus dem Bett springt und lustig und fröhlich ist wie früher. Alles wäre in Butter gewesen. Friede, Freude, Eierkuchen. Aber nein! Die Prinzessin hat geheult, der König und die Königin sind geflohen (wohin auch immer), und unser Renommee ist im Eimer.

Blamiert haben wir uns mit unserer Musik. Und du hast uns das Unglück eingebrockt, jetzt finde einen Ausweg daraus!"

So sprachen sie und waren richtig beleidigt. Da war nun guter Rat teuer und schlechter Rat auch nicht billig. Ich dachte hierhin und dahin und zermarterte mir den Kopf und legte meine Stirn in Falten und ackerte mit meinen Gedanken darin herum. Aber ich musste mir eingestehen: Mir fiel nichts ein. Absolut nichts. „Das beste wird sein, wir beenden diese Geschichte und lassen die Prinzessin weiter schlafen, tausend Jahre oder mehr", sagte ich.

„Einfach so, punktum?", empörten sich da die Geigen und die Klarinette. „Nein, wir können die Prinzessin nicht im Stich lassen!", riefen sie. „Du hast die Geschichte bis hierher geschrieben, nun musst du sie auch fortsetzen. Wozu bist du ein Schriftsteller? Und überhaupt, was ist mit uns?", riefen sie. „Wenn diese Geschichte nicht ordentlich zu Ende geschrieben wird, müssen wir immer mit dem Makel der Unmusikalität existieren und für alle Zeit verstimmt bleiben. Welche Schande! Welcher Schimpf!"

„So! Genug geredet und gejammert!", sagte ich, „und jetzt spielt mir etwas vor! Etwas Nachdenkliches und Einfältiges, damit mir etwas einfällt."

Und da fiel mir tatsächlich etwas ein. „Wenn die schwarze Fee die Prinzessin verzaubert hat, muss sie die Verwunschene auch wieder erlösen. Also müssen wir uns auf den Weg zur Schwarzen Fee machen", sagte ich.

Wir machten uns sogleich auf den Weg. Auf den Flügeln der Musik geht das beschwingt und leicht. Zuerst durch den Frühling über die Blumenwiesen, dann durch den strahlenden Sommer, dann durch den Herbst mit seinen bunten Blättern und prächtigen Früchten. Schließlich wurden die Bäume immer kahler, zuletzt war das Land mit einer weißen Schneedecke bedeckt und wir froren erbärmlich. Die Klarinette war eingefroren, die Saiten der Geigen zitterten, und auf dem Holzkörper bildete sich eine Gänsehaut.

Da sahen wir sie sitzen, die Schwarze Fee, mit zerzausten Federn, auf dem kahlen Ast eines Birnbaums. „Liebe Fee", sagte wir, „die Prinzessin war nun lange genug krank, erlöse sie wieder, bitte!"

„Das ist eine glatte Unterstellung und aus dem Zusammenhang gerissen! Du als Autor müsstest es am besten wissen!", empörte sie sich und krächzte und krähte und hüpfte von ihrem Baumast herunter. „Ich habe sie gar nicht verzaubert."

„Und warum schläft sie dann? Und warum ist sie krank und hat keine Freude an Musik und Tanz, und ärztliche Kunst und Wissenschaft und Narrenspiel und Musik können ihr nicht helfen?"

„Ihr müsst wissen, es ist so..." Die Fee kam ein wenig ins Stottern. „Meine Schwester, die Weiße Fee...sie wohnt am anderen Ende der Welt, und da schießen wir unsere Gedankenpfeile hin und her von einem Ufer der Zeit zum anderen, wenn mir dieser Vergleich erlaubt ist. Und irgendwie muss die Prinzessin, naseweis wie sie ist, in unsere Kommunikation geraten sein. Mit anderen

Worten: Von einem unserer Gedankenpfeile getroffen worden sein. Selber schuld, kann ich nur
sagen. Ich kann wirklich nichts dafür."

„Und die Instrumente? Warum waren sie auf
einmal so verstimmt?"

„Die Instrumente...", die Fee kam wieder ins
Stottern. „Dafür kann ich auch nichts. Das müsstest du dir als Autor fragen." Sie warf mir einen
vielsagenden Blick zu.

„Schwamm drüber", beeilte ich mich zu sagen.
„Eine literarische Verirrung. Ehrlich gestanden,
ich wollte die Geschichte ein wenig spannender
machen. Dramatisch würzen, wenn ihr versteht,
was ich meine."

„Und wie kriegen wir die Prinzessin wieder
wach?", fragte die Klarinette.

„Probiert es einfach noch einmal. Wenn du die
Güte hättest", – das war an mich gerichtet -, „die
Instrumente wieder in Facon und Stimmung zu
bringen..." Wieder dieser vorwurfsvolle Blick.
Was blieb mir anderes übrig? Ich setzte mich an
den Schreibtisch, holte den Kugelschreiber heraus und schrieb die Geschichte um.

Und dann begannen die Instrumente zu spielen.
Je mehr sie spielten, desto wärmer wurde es. Der
Schnee schmolz weg, die Blumen begannen zu
blühen, die Schmetterlinge taumelten herbei und
der Ast, auf dem die Fee gesessen hatte, bekam
grüne Blätter. Je wärmer es wurde, desto schöner
wurde die Musik und - was war das? Das Kleid
der Fee wurde immer heller und heller und war
am Schluss ein rosa Blütentraum. Und dann -was

war das? - wurde sie schöner und schöner und war auf einmal die Prinzessin, die im königlichen Schloss in ihrem Bett lag. Die Geigen und die Klarinette aber spielten immer weiter, und da schlug sie die Augen auf und sprang aus dem Bett und hüpfte und tanzte und sprang und sang.

Es wurde ein großes Fest. Alle freuten sich, und der König und die Königin kamen und die Gelehrten und die Ärzte und die Spaßmacher und sagten, die beste Medizin ist doch die Musik und die Fröhlichkeit.

Die drei Gitarren und die Klarinette aber wurden zur königlichen Hof- und Schlossmusik ernannt, damit sie auch ein Auskommen hätten in schlechteren Zeiten. Mich hätte man auch gerne behalten, als königlichen Hof- und Schlossdichter. Aber das war mir zu aufregend und anstrengend. Deshalb verabschiedete ich mich und kehrte wieder an meinen Schreibtisch zurück.

Herr Grieskötz und
Herr Wunderlich auf Wanderschaft
Erste Geschichte

Herr Grieskötz und Herr Wunderlich wanderten frohgemut auf der Landstraße dahin. Die Wolken schwammen im blauen Himmelssee, die Krähen hatten ihre schwarzen Turnleibchen angelegt und balgten sich auf den Wellen des Windes, auf den Wiesen transpirierten die Blumen, die Schmetterlinge schrieben Geschichten in die Luft.

Herr Grieskötz und Herr Wunderlich waren keine gewöhnlichen Wanderer. Nein, das waren sie nicht! Sie waren zwei Alleebäume, die einstmals zwischen Holzenhofen und Großkitzighausen am Straßenrand standen. Herr Grieskötz war eine Ulme, Herr Wunderlich eine Aberesche. Jahrelang hatten sie dort ausgeharrt, wurden von den vorbeibrausenden Autos eingestaubt, mussten den Odelgeruch der Bauern schlucken, wanden sich unter den Giftschwaden der Unkrautvernichtungsmittel. Nun waren sie es leid.

„Wir sind es leid, hier leiden zu müssen!", rauschten sie, zogen ihre Wurzeln aus dem Boden und zogen los.

Begegneten sie einem Wurzelgurk. „Woher und wohin?", fragte der Wurzelgurk.

„Daher und dorthin", sagte Herr Wunderlich.

„Wir wollen in die Welt hinaus, um Abenteuer zu erleben und Heldentaten zu verrichten, verstehst du?"

„Oh, das verstehe ich sehr gut", sagte der Wurzelgurk. „Eine Heldenreise war schon immer mein Traum. Ihr habt sicher nichts dagegen, mich ein Stück des Weges mitzunehmen?"

Nein, die beiden Wanderbäume hatten nichts dagegen. Da schwang sich der Wurzelgurk auf eine Astgaben und ließ sich gemütlich tragen.

Begegneten sie einem Käsekuchen. „Woher und wohin?", fragte der Käsekuchen.

„Wir kommen von daher und wollen dorthin", sagte Herr Grieskötz. „Eine Heldenreise, verstehst du?"

„Oh, ich habe mir immer schon gewünscht, ein Held zu sein", rief der Käsekuchen. „Ihr habt sicher nichts dagegen, mich ein wenig mitzunehmen?" Schwang sich auf eine Astgabel und ließ sich gemütlich tragen.

Was soll ich sagen? Im Laufe ihrer Wanderung begegneten sie einer Himbeertorte, einer Kohlroulade, einem veganen Sauregurkensalat, einem vitaminreichen Müsliriegel, einem Hirschgulasch mit Tomatensoße, einer Wohlfühlpizza, einem ondulierten Flammkuchen, einem Kässpatzen, der zwitschern konnte, einem Schellfisch, der schellen konnte, einem Pfifferling, der pfeifen konnte, und manch anderen kulinarischen Köstlichkeiten.

Bald bogen sich die Äste unter der nahrhaften Fracht, Herr Wunderlich und Herr Grieskötz aber wurden müder und müder, weil sie alles schleppen mussten.

„Lass uns eine Weile ausruhen!", sagte Herr Wunderlich. „Unter diesem Machandelbaum können wir uns von der Anstrengung erholen." Kaum aber hatten sich die beiden im kühlen Schatten niedergelassen, da rauschte es über ihnen im Geäst, und die Fee Machandola, die sich zwischen den Machandeln versteckt gehalten hatte, hüpfte zu ihnen herunter.

„Ihr seid zwei toll wandelnde Gasthäuser, eine Art mobile Großküche", rief sie begeistert. „Kommt zu mir in mein Machandelbaumschloss, da wollen wir eine Festmahl veranstalten, wie man es sich prächtiger nicht vorstellen kann!"

Das ließen sich die beiden nicht zweimal sagen und folgten der Fee, die ihnen voranschwebte in ihrem hauchzarten Machandelsommersonnenkleid. Es ging über spiegelnde Marmorstufen und seidenweiche Teppiche, durch Zimmerfluchten und Bernsteinsäle, Galerien und Tapetentüren, bis sie schließlich die Hofküche erreichten.

Dort zerhackte die Fee Machandola die Ulme und die Aberesche zu Kleinholz, nachdem sie die beiden in Menschen verwandelt hatte, und schürte damit ein lustiges Feuer. Bald war alles gekocht und gebraten und gesotten und gegrillt und auf das Beste zubereitet. Sie setzten sich an die herrschaftlich geschmückte Tafel, banden die gestickten Servietten um und aßen und schnabulierten, dass es nur so eine Art hatte. Gegrillte Schinkenröllchen und ondulierten Kalbsbraten, Schneckeneier und Ameisenrippchen, dressierte Tofuspieße, Himbäreis mit Mandarillensauce, Machandelmarmelade, Müsliragout und manches mehr verspeisten sie, alles mit dem größten Vergnügen und Appetit, dass ihnen beinahe die Rinde geplatzt wäre, wenn sie noch Bäume gewesen wären.

Als sie alles aufgegessen hatten und kein Krümlein und kein Knöchelchen mehr auf den Tellern zurückgeblieben war, kam aus dem Schlossgarten die zauberische Sommersonnenschlosskapelle, um sie mit wohltuenden Klängen zu unterhalten und ihnen die Verdauung zu erleichtern. Die Glockenblumen läuteten, die Gänseblümchen schnatterten, die Hahnenfüße krähten, die Löwenzähne brüllten, die Klappertöpfe klapperten, die Sumpfnelken sumpften, die Silberdisteln silberten und distelten, das war eine prächtige, wenn auch etwas ungewöhnliche Musik. Nur das

Vergissmeinnicht war still, weil es seine Noten vergessen hatte.

So vergnügten und unterhielten sie sich auf das Beste. Und als sie sich genug vergnügt und unterhalten hatten, wie ging es dann weiter?

„Wir gründen einen Wanderverein", sagte Herr Wunderlich. „Dann können wir wandern von einem Ort zum andern und froh und heiter immer noch weiter."

„Wir gründen eine Partei", schlug Herr Grieskötz vor. „Da können wir unsere politischen Gegner bekämpfen und die Welt verbessern auf Teufel komm raus."

„Wir gründen einen Märchenwald", sagte die Fee. „Einer von euch stellt sich an die Kasse und verkauft Tickets, der andere küsst mich, wenn ich im Dornröschenschloss schlafe. Ihr könnt euch ablösen."

Und wie ging es dann weiter?

Es war so, wie es meistens ist. Kaum sind ein paar Menschen beisammen, noch dazu, wenn sie verzauberte Bäume sind, schon müssen sie diskutieren und streiten und rechthaben und sich in den zerzausten Haaren liegen. Zum Schluss rief die aufgebrachte Fee: „Mir hängt eure Streiterei zum Hals heraus!"

Sie zog ihren blitzblanken Sommersonnenzauberstab heraus und verzauberte Herrn Wunderlich in eine Ulme und Herrn Grieskötz in eine Aberesche, was sie ja ursprünglich gewesen waren. Sich selber aber verwandelte sie in einen Machandelbaum, weil sie auch mitgestritten hatte.

Wenn du aber einmal auf halbem Weg zwischen Holzenhofen und Großkitzighausen am Straßenrand eine Ulme und eine Aberesche und einen Machandelbaum siehst, die mit ihren Blättern dem vorbeifliegenden Wind zuwinken und ihre Astaugen sehnsüchtig zu den Wolken hinaufdrehen, so soll dir das eine Lehre sein. Was für eine Lehre?

Eine Schublehre? Eine Sprachlehre? Eine Menschenleere, eine Blutleere, eine Galeere? Irgend so etwas.

Und wenn du ein wenig Zeit übrig hast, dann sollst du dich in den Schatten des Machandelbaumes setzen und vor dich hin träumen in das blaue Himmelsmeer hinein. Da wird es auf einmal rascheln und knispern, und dann wird einer neben dir hocken, ein Winzling mit einer Knollennase und einer Wanderpfeife. Das ist der Wurzelgurk, den die Fee nicht verzaubern konnte, weil Wurzelgurken zauberresistent sind.

„Was ist eine Wanderpfeife?", wirst du ihn fragen. „Na ja, das ist so etwas wie...", wird der Wurzelgurk mit seiner krächzenden Wurzelgurkenstimme antworten und wird sein großes Taschentuch herausziehen und sich ausgiebig schnäuzen.

Und wie er das Taschentuch ausbreitet, ist es eine Landschaft mit Bergen und Tälern und Wiesen und Wäldern und Bäumen und Bächen und Käfern und Kornblumen.

Und wie geht es dann weiter?

Das ist eine andere Geschichte.

Zweite Geschichte

Eines Tages, als ich ein wenig Zeit übrig hatte, wanderte ich mit gemächlichen Schritten auf dem Weg zwischen Holzenhofen und Großkitzighausen dahin. Und weil die Sonne mich so freigebig mit ihren Strahlen wärmte, und weil die Löwenzahnblüten mich mit ihrem süßen Duft umschmeichelten, und weil der Wind mir schöne Geschichten ins Ohr raunte, setzte ich mich in den Schatten eines Machandelbaumes, der da stand, schloss die Augen und träumte für mich hin in den lauen Frühlingsmorgen hinein.

Auf einmal raschelte und knisperte es, und als ich die Augen öffnete, saß einer neben mir, ein Winzling mit einer roten Knollennase und einem Taschentuch. Er breitete das Taschentuch aus, und wie er den Stoff immer noch weiter öffnete, erschien darauf eine Landschaft mit Bergen und Tälern und Wiesen und Wäldern und Bäumen und Bächen und Käfern und Kornblumen.

„Komm mit mir in das Wurzelgurkenland", lud er mich ein mit seiner krächzenden Wurzelgurkenstimme, denn, das erkannte ich sofort, er war ein wirklicher und leibhaftiger Wurzelgurk, wie man sich keinen wirklicheren und leibhaftigeren vorstellen konnte. „Komm mit mir in das Wurzelgurkenland", krächzte er, „da wollen wir Abenteuer erleben und Heldentaten verrichten!"

Abenteuer erleben und Heldentaten verrichten, davon hatte ich immer schon geträumt. So schlug

ich gleich in die ausgestreckte, runzlige Hand, und
– hast du nicht gesehen! – schon wanderten wir
in das Taschentuchland hinein mit seinen Bergen
und Tälern und Wiesen und Wäldern und Bäumen und Bächen und Käfern und Kornblumen.

Aber die Berge waren keine Berge, sondern
Gummistiefel, die Täler keine Täler, sondern
Fahrradspeichen, die Wege Handtücher, die Bäche Untertassen, die Dörfer Spiegeleier, die Wälder Wurzelbürsten, die Seen Hohlspiegel, die
Schmetterlinge Saure Gurken oder etwas anderes,
denn im Wurzelgurkenland ist nichts, wie es ist
und alles anders als anderswo. Das mochte verstehen, wer wollte!

Der Wurzelgurk, ein fröhliches Wanderlied auf
den Lippen, hüpfte mir voran auf seinen kurzen,
krummen Beinchen, ich folgte ihm mit gemächlichen Schritten und konnte immer nur staunen

über das seltsame Wunderland und die wunderlichen Seltsamkeiten rundum.

Wir gingen auf einem sonnigen Handtuch dahin, das ein Feldweg war, am Ufer eines Hohlspiegels, der ein See war, zu einer Wurzelbürste, die in Wirklichkeit – aber was ist schon wirklich?

Was soll ich sagen! Kaum waren wir in den kühlen Schatten der Wurzelbürste eingetaucht, verirrten wir uns zwischen den Borsten und Bürstenhaaren und fanden weder Ein noch Aus.

Die Stämme umstanden uns in dichten Reihen, einer hinter dem anderen, und hinter dem anderen wieder ein anderer, ein unendliches Heer, und jeder Bürstenstamm wie ein strammer Ritter, der uns sein Panzerschild entgegenhielt und uns mit lautlosen Worten drohte: „Stopp! Keinen Schritt weiter! Wer nicht gehorcht, den fressen wir!" Oder etwas ähnliches.

Dazu hatte sich ein Sturmwind erhoben, der über uns in den Bürstenwipfeln brauste und jaulte und zwischen den Stämmen hin und her jagte und mit den Wolken am Himmel grässlichen Unfug trieb. Das war eine andere Musik als das heitere Wandervogelgeträller des Wurzelgurks. Das war eine gewaltige Symphonie, in der die Trommeln dröhnten und die Pauken donnerten und die Fanfaren und Trompeten die Luft erzittern ließen und die Bässe und die Geigen und alle anderen Instrumente in wilden Klangwogen aufrauschten wie ein wütendes Meer und der Wurzelgurk und ich nur winzige Pikkolo-Flöten darin, zaghaft und zitternd zwischen all den brausenden Elementen.

Wie wir so herumliefen, wurde es finsterer und finsterer und kälter und kälter und grausliger und grausliger. Ich klapperte heftig mit den Zähnen, auch mein Begleiter schlotterte, was das Zeug hielt.

„Ich pfeife auf Abenteuer und Heldentaten, wenn sie so finster und eisig und gruselig sind!", schimpfte ich in den Sturmwind hinein. „Wie können wir jemals wieder aus diesem Tohuwabohu von Bürstenhaaren, Handtüchern und Hohlspiegeln entkommen? Du hast uns in die Irre geführt, also führe uns wieder hinaus!"

„Aber das kakann ich nicht! Ich kekenne mich selber nicht aus!", stotterte der Wurzelgurk und schüttelte ratlos den Kopf, dass seine Wurzelgurkennase hin und her schwang wie ein Kuhschwanz auf Mückenjagd.

„Was? Du kennst dich nicht aus in deinem eigenen Land? Wenn ich mich recht erinnere, ist es in deinem Taschentuch versteckt, mit all seinen Bergen und Gummistiefeln und sonst noch was."

„Dadas ist es ja!", jammerte er, und dicke Tränen hüpften aus seinen Augen und kullerten durch die Bürstenhaare in eine Untertasse hinein, die ein schlammiger, schwarzer Bach war. „Im Wurzurzelgurkenland sind die Dinginge nicht so, wie sie sind und die Begrifffiffe nicht so, wie sie lauten. Eine Pfeifeife ist keine Pfeifeife und ein Ort kein Ort im Sinne des Wortes, sondern abhängig von Zeit und Raum und Geschwindigkeit, wenn du verstehstehst, was ich meine."

„Nichts verstehe ich!", schrie ich wütend.

„Gegenstände und Begriffe und Wörter und Dinge werden in diesem vermaledeiten Zauberland durcheinander geworfen, wie es ihnen gefällt. Die ganze Weltordnung ist aus den Fugen, eine unerhörte Schlamperei!" All das schrie ich und manches mehr, während mein Unterkiefer heftig gegen den Oberkiefer schlug.

Was blieb uns anderes übrig? Wir mussten die kalte, grauslige Nacht in dem Bürstenwald verbringen. Zum Glück hatte der Sturm nachgelassen und war einer schaurigen Klammheit gewichen. Wir rafften einige zersplitterte Borstenhaare zusammen, wickelten uns hinein wie in eine Decke und kuschelten uns eng aneinander, um uns gegenseitig zu wärmen.

Und ob ihr es glaubt oder nicht, ich war so müde, dass ich sofort in einen tiefen Schlaf fiel. Gefallen wäre, wenn mich nicht ein Geräusch geweckt hätte. Ich schlug die Lider auf und blickte direkt in die giftiggrünen Augen einer Hexe.

„Ei, ei, was sehen wir da?", säuselte sie. „Einen Wurzelgurk und eine Kaffeemühle!" Damit meinte sie mich. Im Wurzelgurkenland ist jeder Mensch in Wirklichkeit- aber was ist schon wirklich...

„Habt keine Angst", säuselte sie, „kommt zu mir in mein gemütliches Häuschen! Wenn ihr mir fleißig zu Diensten seid, werde ich es reichlich lohnen und euch einen geregelten Arbeitsvertrag anbieten auf zukunftssicherer Nebenerwerbsbasis mit garantiertem Lohnverzicht, auf dass ihr es warm und geborgen habt und nicht Hungers sterben müsst!"

Was blieb uns anderes übrig, wenn wir nicht erfrieren und verschmachten wollten? Wir folgten der Hexe in ihr schnuckeliges Hexenhaus und klapp!, hatte sich die Käfigtüre hinter mir geschlossen.

Das war eine anstrengende Arbeit, die ich nun verrichten musste: Essen, essen von früh und spät und vorher und nachher und zwischendurch ebenfalls. Äpfel und Nüsse und Mandelkern, Lebkuchen und Zuckerwerk, Müsliriegel und Schokosticks. Jeden Abend kam die Hexe und befühlte meine Finger, ob sie schon dick und fett genug waren. Der Wurzelgurk aber musste den Backofen für das Hexenbrot schüren, dass ihm der Schweiß über das runzelige Gesicht lief, musste Fliegenpilze suchen (das Leibgericht aller Hexen) und im Garten die Salatköpfe gießen. Es waren aber keine Salatköpfe, sondern Hexenschösslinge, und wenn sie reif waren, sprangen sie auf, und die kleinen Hexlein schlüpften heraus, nicht größer als Taubenflöhe. In den Nächten aber setzte sich die Hexe auf ihren Drudenbesen und brauste hinaus in das Land und richtete allerlei Unheil an.

Die Berge verwandelte sie in Gummistiefel, die Gummistiefel in Fahrradspeichen, die Fahrradspeichen in Handtücher, die Handtücher in Untertassen und so weiter.

Solchen Unsinn stellte sie an.

Ich aber hatte schon in meiner Jugendzeit Grimms Kinder- und Hausmärchen gelesen und wusste sehr wohl, dass sie mich mästete, um mich zu fressen. Und auch der Wurzelgurk würde früher oder später im Backofen landen. Deshalb schmiedeten wir, als die Hexe wieder einmal ausgeritten war, durch die Gitterstäbe hindurch einen Rettungsplan. Und so geschah es:

Als sie am Morgen in den Backofen schaute, um mit ihren giftiggrünen Augen nach den Brotlaiben zu sehen, gab ihr der Wurzelgurk einen Tritt in den Hintern, da stürzte sie in die Glut und ging sofort in Flammen auf, denn Hexen sind hochexplosiv und schnell entflammbar. Auch die Hütte brannte lichterloh wie ein Blatt Papier. Einen Augenblick später war alles verwandelt.

Der Bürstenwald war verschwunden, wir befanden uns auf einer weiten, wüstenähnlichen Ofenplatte, aus deren gelbem Sand einige Fahrradspeichen ihre Stacheln reckten.

„Die Hauptstadt liegt im Norden", sagte der Wurzelgurk. „Da müssen wir hin."

Aber wo war Norden? Auch die Himmelsrichtungen wechselten hierzulande häufig die Richtung.

„Keine Bange!" Mein Begleiter platzte schier vor Abenteuerlust und Heldenmut (immerhin hatte er einer Kräuterhexe den Garaus gemacht), und seine Knollennase glühte wie eine energieeffiziente LED-Leuchte.

„Zufällig befinden wir uns hier an einer Himmelsrichtungshaltestelle", sagte er. „Wir müssen nur warten, bis Norden vorbeikommt. Im Wurzelgurkenland gibt es den Spruch, besser gut gewartet als schlecht gegangen." Und tatsächlich! Nachdem wir Osten und Westen ungenutzt vorbeiziehen ließen, kam auch Norden angebraust.

Wir sprangen auf, und kurze Zeit später waren wir in Gurkenburg, der Hauptstadt des Wurzelgurkenlandes.

Wie aber ging es hier zu! Alles in größter Aufregung! Tumult in den Straßen, Chaos auf den Plätzen, Geschrei und Getöse überall. Eine feindliche Armee hatte sich angekündigt, ein Rachefeldzug. Der Anlass war, wie bei allen großen Kriegen, eine Kleinigkeit. Der Bürgermeister, ein ausgesprochener Feinschmecker, hatte – mehr aus Versehen - eine Blätterteigpastete mit gehackten Schopftintlingen verzehrt.

Ein Verbrechen gegen die Pilzheit! Eine Schmach für die Schwammerlschaft! Das konnten die Pilze der umgebenden Bürsten beziehungsweise Wälder nicht auf sich sitzen lassen! Und so kamen sie anmarschiert: der borstige Hexenröhrling, der kupferrote Satanspilz, der stachlige Gelbfußritterling, der rauchblättrige Schwefelkopf, der stinkende Knoblauchschwindling, der warzige Klumpfuß, der getigerte Pantherpilz, der sägeblättrige Brandfladen, der zottige Zitterzahn, der beißende Erdschieber, der bittere Gallenröhrling, und wie sie alle hießen!

So kamen sie anmarschiert und knirschten mit den Zähnen und stampften mit den Füßen und schossen aus allen Röhren und trommeteten und lamellten auf Teufel komm raus. Dann gaben sie sich die Sporen und überrannten die Mauern und

Tore und rasten mit wildem Pilzgeheul wie eine alles verschlingende Feuerwalze und Meeresflut durch die Straßen. Und wenn sie einen Wurzelgurk erwischten, verarbeiteten sie ihn zu Gurkensalat, Gurkensuppe und Gurkenmus.

Ich selber floh, von einem säbelzahnzackigen Krempling verfolgt, in weiten Sprüngen über eine Tischdecke, die in Wirklichkeit – aber was ist schon wirklich! Mein Atem wurde immer kürzer, das Geheul des blutrünstigen Verfolgers immer lauter. Da entdeckte ich ein kleines, verstecktes Türchen in einer dichten Thuyahecke, und während der Pilz draußen blindwütig vorbeirannte, schlüpfte ich blitzschnell hinein in den verwilderten Garten und warf mich schweratmend ins Gras unter das Blattwerk eines dichtbelaubten Strauches.

Und wie ging es dann weiter?

Der Busch war ein Machandelbaum, der Machandelbaum war eine verzauberte Fee, die Fee war meine Freundin Machandola. Als ich so hinaufsah, fiel sie aus den Ästen herunter, direkt in meine Arme. Sie könne mir schon helfen mit ihrem Zauber, meinte sie, wenn ich ihr einen Gefallen tue. Sie wolle nämlich einen Märchenwald errichten, ein Herzenswunsch, und ich solle ihr dabei helfen. Das versprach ich.

Da holte sie ihren blitzblanken Sommersonnenzauberstab heraus und begann zu zaubern, dass es nur so staubte. Die ganze Stadt verwandelte sie in einen Irrgarten. Die Straßen verwandelte sie in Handtücher, die Handtücher in Herdplatten, die Herdplatten in Gummistiefel, die Gummistiefel in Fahrradspeichen, die Fahrradspeichen in Handtücher...All das verwandelte sie, und die tobsüchtigen Eindringlinge verrannten sich hoffnungslos in dem Gewirr und wussten weder ein noch aus. Am Ende jeden Handtuchs aber waren Bratpfannen hingezaubert, vorgeglüht und gründlich eingefettet. Sobald ein Pilz hineinstürzte, verschmorte er und wurde, mit Kümmel und Knoblauch vermischt, zu einem köstlichen Pilzgericht.

Wenig später war die Stadt von den Feinden befreit. Auf dem Marktplatz wurden Klapptische und Holzbänke aufgestellt, dort setzten wir uns zusammen und ließen uns das Siegermahl schmecken. Hier traf ich auch meinen Freund, den Wurzelgurk, wieder. Er hatte alle Angriffe wohlbehalten überstanden, mehr noch, in heldenhaftem

Kampf einen borstigen Hexenröhrling erwürgt und einen zottigen Zitterzahn mit einer Sandale erschlagen.

Ich selber beteiligte mich nicht weiter an den siegreichen Schlachtgesängen, sondern sprach, von den Ereignissen ausgehungert, den kulinarischen Köstlichkeiten mit solcher Hingabe zu, dass ich zerplatzte und wie ein Geschoss hinauskatapultiert wurde zu meinem Schreibtisch, um diese Geschichte für die Nachwelt aufzuschreiben.

Nachwort

Später errichtete man mir, den man nicht zu Unrecht als Retter der Stadt betrachtete, ein künstlerisch wertvolles Denkmal inmitten des Marktplatzes. Mein linker Fuß ruht in heldenhafter Pose auf einem Pilz, während meine rechte Hand eine mit einem Strahlenkranz umgebene Gurke zum Himmel hebt.

Gelegentlich, in sternklaren Nächten, besuche ich die Fee im Märchenwald und versäume es auch nie, einen Abstecher auf den Hauptplatz zu machen, wo ich mein Denkmal bestaune und in Ehrfurcht meine Baseballkappe vor mir ziehe.

Dritte Geschichte

Gelegentlich, in sternklaren Nächten, besuche ich den Märchenwald im Wurzelgurkenland. Das Wurzelgurkenland ist ein heimlich-unheimliches Land, das, wenn überhaupt, nur ich und Du kennen. Ich schlendere gerne im Märchenwald zwischen den Burgen und Hexenhäusern, Räuberhöhlen und Köhlerhütten herum, unterhalte mich eine Weile mit dem Gestiefelten Kater, probiere (spaßeshalber) vom vergifteten Apfel Schneewittchens, lasse mich vom Zauberer in eine Maus verwandeln oder zeige der Hexe meinen Finger, damit sie sehen kann, ob er schon dick genug ist.

Diesmal aber war alles anders.

Kein Gestiefelter Kater, keine böse Schneewittchenschwiegermutter, keine Hänselundgretelhexe, kein Rotkäppchenwolf, kein Tapferes Schneiderlein, von den dummen Riesen ganz zu schweigen. Der Märchenwald war ausgestorben, leer wie eine hohle Gießkanne. Ich eilte erschrocken von Märchen zu Märchen und wunderte mich immer mehr. Die Betten im Haus der Frau Holle waren nicht gemacht, die Tellerchen und Löffelchen der Sieben Zwerge lagen ungewaschen herum, über das Marmeladenbrot des Tapferen Schneiderleins krochen ungestört die Fliegen, das Bäumchen beim Aschenputtelgrab rief unentwegt „rüttel mich, schüttel mich, wirf Gold und Silber über mich", aber niemand kam, und da fiel auch kein Gold und kein Silber herunter.

Was war geschehen?

Auf dem Marktplatz sollte ich es erfahren. Da waren alle Märchenfiguren versammelt. Welch ein Tumult und Krakeelen! Das Rumpelstilzchen tanzte herum wie ein feuriger Irrwisch und zerriss sich vor Wut in lauter Fetzen, Rübezahl schwang seine Keule durch die Luft, dass es nur so zischte, die Sieben Zwerge wogten hin und her wie ein Shantychor bei Windstärke zehn. Im Näherkommen verstand ich, was sie riefen:

„Schluss mit Fantasie und Spuk, wir haben nun der Märchen gnug!", skandierten sie.

Hänsel und Gretel hatten ein Transparent ausgebreitet, auf dem war zu lesen:

„Die Märchenwelt ist uns ein Graus, wir wollen in die Welt hinaus!"

Oder, auf einem anderen Spruchband: „Wir wollen in die Wirklichkeit! Wirklichkeit für alle Zeit!"

Was ist wirklich?, überlegte ich. Ist das wirklich, was unsere Sinnen melden? Trägt nicht jeder von uns seine eigene Wirklichkeit in sich? Hast nicht du, falls du ein Käfer bist, mit deinen sechs Beinen und den beiden Antennen-Fühlern eine ganz andere Wirklichkeit als ich? Und wenn du ein Kaktus auf meinem Fensterbett wärest, welche Wirklichkeit hättest du dann?

So sinnierte ich in mich hinein, und da stand auf einmal Herr Grieskötz neben mir. Herr Grieskötz ist in Wirklichkeit eine Aberesche, die zu einem Menschen geworden war. Oder ein Mensch, der in Wirklichkeit...ach, was weiß ich!

„O Himmel!", rief er und sah mich erschrocken an. „Ich habe vergessen, Dornröschen aufzuwecken. Und jetzt sind sie außer Band und Rand."

„Wer ist außer Rand und Band? Und was hat dieser Rumor mit Dornröschen zu tun?", fragte ich.

„Dornröschen ist in Wirklichkeit die Fee Machandola", stieß Herr Grieskötz hervor, „und Machandola ist ein Machandelbaum, und der Machandelbaum ist ein Märchenwald, und der Märchenwald ist in Wirklichkeit...aber was ist schon wirklich, frage ich Sie?"

Ja, was ist wirklich? Darauf hatte ich immer noch keine Antwort gefunden.

„Es ist eine Katastrophe!", rief er, „ich muss so schnell wie möglich zum Schloss, sonst entfliehen sie in alle Welt hinaus!" Weg war er.

Es war aber bereits zu spät, die Verwandlung des Märchenlandes hatte schon begonnen. Auch ich verwandelte mich, ob ich wollte oder nicht.

Als ich am Morgen in die Straßenbahn stieg, stellte mir der Zauberer das Billet aus. Jawohl, der Schaffner war der Zauberer aus dem Gestiefelten Kater, ich erkannte ihn trotz seiner Uniform! Die Zeitungsverkäuferin am Kiosk war niemand anders als die Frau Holle. Im Restaurant stand Schneewittchen, weiß wie Schnee, rot wie Blut, hinter der Kaffeemaschine.

Und der Zahnarzt, den ich später aufsuchte, war Rumpelstilzchen und tanzte ständig mit einem heißen Bohrer in meinem Gebiss herum. Ich hätte ihn gerne gefragt, ob das Stroh schon zu Gold gesponnen war, und wie es der armen Müllerstochter ginge. Aber ich konnte nicht, weil ich den Mund aufsperren musste.

Waren die Märchen wahr geworden und unsere Welt ein Märchen? Oder war unsere Welt wahr, und die Märchen...Stöhnend setzte ich mich auf eine Bank im Stadtpark. Mein Kopf dröhnte, meine Augen tränten, meine ramponierte Backe wurde immer dicker, da bemerkte ich plötzlich, und ich staunte nicht schlecht, da bemerkte ich plötzlich, ob du es glaubst oder nicht, da bemerkte ich plötzlich, dass die Häuser rundum zu schwanken begannen. Erst schaukelten sie hin und her, dann wackelten und zitterten sie, schließlich zerfielen sie in– ja, in was wohl? In ihre Buchstaben. H´s, A´s, U´s und S´s fielen klappernd auf das Pflaster. O Himmel! Auch die Bäume rundum lösten sich auf! Wie müdgewordene Herbstblätter schaukelten ihre Buchstaben zu Boden. B – U- M- A, alles durcheinander. Schon war die ganze Welt in Auflösung ergriffen: Die Bank, die Büsche, der Schlossteich, die Wolken. Schließlich auch ich, da half kein Zittern und Zagen, kein Zetern und Klagen. Da lag ich nun, in drei armselige Buchstaben zerfallen: I- C- H! - , da lag ich auf den Steinen des gekiesten Weges, die jetzt weder Kies noch Weg waren.

Das war aber noch nicht alles! Es knirschte und krachte und knackste, dann brach auch diese Geschichte auseinander. Wie ein Kartenhaus stürzte sie ein: 29085 Buchstaben, von den Leerzeichen ganz zu schweigen. Nicht mehr als ein Haufen nutzloser Buchstaben, ineinander verwoben, verschlungen, verquirlt.

Nachwort:

Irgendwann später, im Schein des zerfallenen Mondes kamen sie herangeschlichen, die Wurzelgurken. Sie sammelten die Buchstaben in Körbe und schleppten sie davon, um daraus eine neue Welt zu bauen.

Und so wäre die Geschichte aus, wenn nicht eine neue Geschichte anfangen würde.

Magister Sieverkrüpp und die Dummheit

Ich weiß nicht mehr, wieso wir auf die Dummheit zu sprechen kamen. Aber wenn man sich über Zeitgeschichte unterhält, stößt man ganz automatisch auf dieses Thema. Vielleicht war auch der Genuss des Kartoffelschnapses daran schuld, den man in dieser Gegend in vorzüglicher Qualität zu brennen versteht.

Jedenfalls war die Nase von Magister Sieverkrüpp bereits erheblich gerötet und sein Monokel funkelte angriffslustig, als er sagte: „Was ist Dummheit? Einfache Antwort: Dummheit ist die Abwesenheit von Klugheit." Und dann, nach einer kurzen Pause: „Aber was ist Klugheit?"

Darauf wussten wir keine Antwort. Stille breitete sich aus, eine seltsame Lähmung, die unser Gespräch erstarren und unsere Gedanken eintrocknen ließ.

Es war, wie wenn wir alle miteinander auf einem Seerosenblatt in einem spiegelnden Teich sitzen würden. Der Magister als aufgeblasener Frosch in der Mitte, daneben der dürre Apotheker Feinstaub, dann die Tugendhaft, nervös wie eine Libelle hin und her schwirrend. Und ich selber als dicke Fliege, von den Basedowaugen des Frosches mit missvergnügtem Blick betrachtet.

Glücklicherweise nahm der Apotheker das Gespräch wieder auf. Mein Alptraum wurde unschärfer und unschärfer und verschwand schließlich.

„Kann man die Begriffe Dummheit und Klugheit in Beziehung setzen - ein mathematisches Experiment?" Seine spindeldürren Finger fuhren nervös hin und her und erinnerten mich an die Beine eines Wasserläufers. „Nehmen wir beispielsweise die Klugheit als 1, die Dummheit als 0, so ergeben sich folgende Möglichkeiten: 0 minus 1..."

„O jerum, wo führt das hin?", hörte ich eine Stimme sagen und merkte mit Erstaunen, dass es meine war.

„Oder 1 minus 0..."

„Unerschütterliche Klugheit!", resümierte ich.

„Oder 1 minus 1..."

„Leere, nichts als Leere!"

„Was ist Dummheit minus Dummheit?", rief er, und sein Adamsapfel hüpfte aufgeregt auf und ab. „$(-1) - (-1)$? Ein Abgleiten ins Metaphysische?"

„Das ist mir zu kompliziert!", brummte der Magister unwillig. „Um zur anfänglichen Frage zurückzukehren: Man müsste zuerst klären, was Klugheit ist."

Wir kamen aber nicht dazu, weil sich in diesem Augenblick der Wasserspiegel teilte und der Kopf meines Onkels auftauchte. Tropfend, von Wasserpflanzen umrankt. Schwimmfarn, Nixenkraut, Wasserpest. Wie Neptun sah er aus, bloß ohne Dreizack.

„Ohne Zweifel lassen sich Klugheit und Dummheit mit Hilfe des Intelligenzquotienten unterscheiden", keuchte er und spuckte einige Kaulquappen aus. „Nur mal angenommen, wir setzen einen IQ von 86 als Wendepunkt der Weisheit beziehungsweise der Dummheit an. Dann wäre jemand mit 85 IQ-Punkten dumm, mit 87 Punkten aber intelligent."

„So ein Blödsinn!", rief der Magister und sprang verärgert auf, was unser Seerosenblatt beinahe zum Kentern gebracht hätte. „Der Übergang von der Dummheit zur Klugheit ist fließend, das weiß jedes Schulkind! In den Grenzbereichen mischen sie sich wie die Farben eines Prismas!"

Er blickte böse auf die Stelle, wo sich gerade noch der pflanzengeschmückte Kopf befunden hatte. Sah aber nichts mehr, weil mein Onkel wieder verschwunden war. Das macht er öfter, ein Hobby von ihm: Plötzlich in den unpassendsten Augenblicken auftauchen, einige geistlose Statements abgeben und nachher ebenso schnell wieder verschwinden. Wie ich diese Attitüden hasste!

„Ganz nebenbei bemerkt: Wo kann man auf der Intelligenzskala Attribute wie blitzgescheit, superintelligent, neunmalklug, aber umgekehrt auch beschränkt, einfältig, strohdumm einordnen?", warf ich ein. Das war ein semantisches Ablenkungsmanöver, um die Wut des Magisters zu besänftigen. Ich wusste nicht, ob es wirkte und rutschte zum Blattrand hinüber, um bei einem Angriff jederzeit abfliegen zu können.

„Ich stelle mir die Intelligenzskala vor wie ein Thermometer: nach oben und unten offen", nahm der Apotheker seine Überlegungen wieder auf. „Aber wo fängt Intelligenz an? Wo hört sie auf? Gibt es die Nullintelligenz? Oder gar eine Minusintelligenz, bodenlos unterirdisch? Und wie äußert sich diese bodenlose Dummheit? Umgekehrt: Gibt es eine unendlich hohe Intelligenz? Deckenlos überirdisch? Gott, das allumfassende All? Und welche Intelligenz besitzt der Teufel?"

„Wenn Sie sich da nicht mal irren!", brummte meine Stimme dazwischen. Ich beobachtete interessiert, wie die Tugendhaft in elegantem Sinkflug heranschwirrte und nachschenkte, so dass unser Seerosenblatt wieder gehörig ins Schwanken geriet. Zauberhaft sah sie aus mit ihren schillernden Edelsteinflügeln, dem langen Hinterleib und der atemberaubend schlanken Taille.

Unwillkürlich drängte sich mir die Frage auf, ob nicht die Dummheit das eigentliche fundamentale Element der menschlichen Zivilisation sei. Waren Klugheit und Vernunft nicht Verpackungen einer allumfassenden Dummheit, hauchdünn wie der feste Erdmantel über dem flüssigen Inneren? Und immer wieder reißt diese Verpackung auf, dann quillt es hervor, gewaltig, verheerend, ein glühender Strom. Falls es eine Vorsehung gibt, wie kann sie nur all diese Menschheits-Katastrophen zulassen?, dachte ich. (In mondlosen Nächten träume ich vom Schicksal, vieräugig und mit lilafarbenen Fingernägeln, wie es eine Nadel in den spitzen Fingern hält und damit ein Loch in die Vernunft der Menschheit piekst.)

Ich sagte aber nichts, weil ich den dicken Frosch mit seiner roten Nase und den giftigen Glubschaugen nicht noch mehr reizen wollte.

Da tauchte mein Onkel wieder auf. Der Augenblick war wieder einmal außerordentlich ungünstig. „Kann ein Dummer klug sein? Kann ein Kluger dumm sein?", prustete er und reckte seinen Kopf über den Rand des Seerosenblatts. Er gab sich die Antwort gleich selber. „Ohne die Chaosforschung zu bemühen, dürfen wir das bejahen. Es scheint, wie wenn mit fortschreitender Intensität die Dummheit den Charakter von genialer Erleuchtung annimmt. Umgekehrt schützt Intelligenz vor Dummheit nicht. Oft neigen gerade die intelligentesten Menschen zu Einschätzungen, die allen vernünftig Denkenden die Haare zu Berge stehen lassen. Ja, man sollte sich die Frage stellen: Ist nicht das größte Unglück der Menschen ihre Intelligenz?"

Ich wunderte mich, meinen Onkel so reden zu hören. Schließlich war er nur eine virtuelle Erscheinung, von dimensionsloser Konsistenz. Also mitnichten menschlich. Wie konnte er nur solche Äußerungen von sich geben?

Er verschwand auch gleich wieder, was dem Apotheker die Gelegenheit gab, einen neuen Gedanken in die Debatte zu werfen. Seine Stimme war schon schwer, und die S-Laute machten ihm hörbar Mühe.

„Können Tiere intelligent schein? Können Pflanzen intelligent schein?", nuschelte er. „Einmal angenommen, eine Hummel beschäche eine Intelligenz von 1 Punkt. Dann würde schich die Gesamtintelligenz eines Hummelstaates mit, beispielsweise, 500 Individuen auf einen Geschamtintelligentschquotienten von 500 schummieren, mithin etwa 340 Intelligenzpunkte mehr, als man Albert Einstein zuschreibt. Oder noch ein Beispiel: Wenn man jedem Baum nur einen einzschigen intelligenten Schimmer von 0,1 Punkten zschubilligt, würde ein ganzer Wald über ein unvorstellbares Reservoir an Klugheit verfügen, jedem Menschenhirn hauschhoch überlegen."

Das war zu viel für den Magister. „Ich kriege die Krise!", donnerte er, es klang wie der Notruf eines in Lebensgefahr befindlichen Seelöwen. „Intelligenzen lassen sich nicht manipulieren! Sie lassen sich nicht summieren, dividieren, multiplizieren, ondulieren, photokopieren, pasteurisieren, was auch immer!", schrie er, in der Ferne waren bereits die Martinshörner vernehmbar.

„Wie kommt es, dass ein Inschektenstaat ein höchst intelligentes Verhalten zscheigt, obwohl das einzelne Individuum erwieschenermaschen strohdumm ist?", insistierte der Apotheker angriffslustig. „Gleitet nicht in dieschem Fall die Geschamtintelligenzch in eine andere Dimenschion hinüber? Könnte es schich nicht bei den Menschen ähnlich verhalten? Indem sich ihre Intelligenzchen vernetzen, entsteht eine schupraleitfähige Hyperintelligenzch, die alle Vorstellungskraft übersteigt."

„Teilhard sei uns gnädig!", brummte meine Stimme.

Dann überschlugen sich die Ereignisse. Mein Onkel, eben noch unter der Wasseroberfläche schwimmend, kam plötzlich, ein kreischendes Martinshorn auf dem blanken Schädel, über die Büsche des Ufersaums herangesaust. Die Tugendhaft surrte mit einem Schreckenslaut davon. Der Apotheker löste sich in seine Bestandteile auf. Bevor ich davonfliegen konnte, klebte ich an der dicken Zunge des Magisters und wurde mit Haut und Haar verschluckt, während mein Onkel mit seinem spitzen Schnabel seinerseits den Professor aufspießte und hinunterwürgte.

Magister Sieverkrüpp fährt nach Küssnacht

„Was ist Zeit?", fragte Magister Sieverkrüpp und schaute uns aus seinen kurzsichtigen Schweinsäuglein durchdringend an. Wir saßen beim Alten Wirt in Stegen, draußen, und blickten über die Ufermauer hinweg auf die glitzernde Fläche des Sees. Für mich war der Treffpunkt sehr praktisch, hatte ich doch nur eine kurze Flugstrecke vom Echinger Ufer herüber. Rhododendron, den der Magister mitgebracht hatte, stand in einem Blumentopf mitten auf dem Tisch.

„Wenn Sie so fragen", vermutete ich, „wissen Sie die Antwort bereits. Ihre Frage ist rhetorisch."

„Immer noch besser als cholerisch", knurrte Sieverkrüpp und schaute mich böse an. „Ich sage nur eines: Alles ist Veränderung, alles ist Bewegung, alles ist Energie."

„Und was hat das mit der Zeit zu tun?", erkundigte sich Rhododendron aus seinem Blumentopf heraus.

„Auch die Zeit ist Energie!", erklärte der Magister. „Sie flutet im Weltall hin und her von einem Pol zum anderen. Wie die magnetischen Wellen. Wie der Sonnenwind. Wie die Gezeiten in der Bucht von Biscaya."

„Besitzt das Weltall Pole?", wollte ich wissen.

Diese Frage überhörte er. „Ich vermute, dass auch die Zeit der Erosion unterworfen ist", fuhr er fort. „So wie sich jede Energie abschwächt, wie die Sonnen ihre Hitze verstrahlen, wie sich

Wärme und Kälte zu einem lauen Gemisch vermengen, wie sich Materie und Antimaterie gegenseitig vernichten, so verliert auch die Zeit ihre Kraft. Vermischt sich mit der Nichtzeit zu einer Art...zu einer Art..."

„Lauzeit", sagte ich und knabberte ein wenig an dem grünen Salat, den mir die Kellnerin vorgesetzt hatte.

„Eine laue, erkaltende Zeitsuppe!", nickte der Magister und schlug mit der Faust auf den Tisch, dass die Nachbartische erstaunt zu uns herübersahen. „Die Zeit erodiert. Sie franst aus und kriegt Löcher. Höchst fatal, kann ich nur sagen. Vor allem dann, wenn man in ein solches ausgefranstes Zeitloch fällt. Kann es sein, dass wir uns bereits in einem solche Zeitloch befinden, ohne es zu merken?"

Auf diese Frage wussten wir keine Antwort.

„Zeit ist auch in uns", nahm Magister Sieverkrüpp das Gespräch wieder auf. „Ein Energiestrom, der uns durchpulst. Manchmal können wir geradezu Fieber kriegen vor zu viel Zeit." Wieder schlug er auf den Tisch, und wieder schreckten die Nachbartische auf.

„Zeitfieber", fiepte Rhododendron, „wir kriegen Fieber von zu viel Zeit." Dann fügte er hinzu: „Für mich ist die Zeit grün."

„Die Zeit ist nicht grün", protestierte ich. „Die Zeit ist unsichtbar."

„Für Blattpflanzen nicht", sagte er halsstarrig. „Für Blattpflanzen ist die Zeit grün. Grün wie ein Schneebrett."

„Ein Schneebrett ist auch nicht grün", begehrte ich auf.

„Im Winter nicht", sagte Rhododendron ein wenig beleidigt. „Aber im Sommer ist es grün."

„Im Sommer gibt es keine Schneebretter!"

„Natürlich nicht", sagte er, „das weiß ich auch. Aber wenn es welche gäbe, wären sie grün."

„Wenn! Wenn!", schrie ich. Offenbar gehörte Rhododendron wieder einmal umgetopft. Wenn sein Topf zu klein wurde, sagte er immer so komische Sachen.

Wir schwiegen eine Weile. Dann fiel mir etwas ein.

„Und wenn es umgekehrt ist?", fragte ich.

„Was umgekehrt?", erkundigte sich Sieverkrüpp.

„Wenn die Zeit nicht dynamisch, sondern statisch ist, statisch wie ein Teppich?"

„Verstehe ich nicht!", brummte er.

„Ich auch nicht!", quiekte Rhododendron aus seinem Blumentopf heraus. Er war immer noch beleidigt.

„Könnte der Ablauf der Zeit nicht eine Art Täuschung sein? Eine Täuschung unseres Bewusstseins?", überlegte ich. „Wir denken, die Zeit bewegt sich, in Wirklichkeit bewegen wir uns in der Zeit. Das ist so, wie wenn man in einem Zug sitzt und meint, die Landschaft ziehe draußen vorbei. Und es ist doch der Zug, der durch die Landschaft fährt."

„Ich bin einmal mit dem Geltendorfer Bahnhof nach Zürich gefahren", nickte der Magister.

„Oh, Zürich!", rief Rhododendron entzückt .

„Aber ich kam nie dort an." Der Magister schaute zum Himmel, dessen Farbe sich verdunkelt hatte. „Ich vergaß, in Lindau umzusteigen. Ich wusste nicht, dass man umsteigen muss, wenn man mit einem Bahnhof fährt, und blieb sitzen. Und dann war ich auf einmal in Küssnacht."

„Oh, Küssnacht!", rief Rhodondron .

„Und was haben Sie dort gemacht", erkundigte ich mich.

„Ich bin ausgestiegen", sagte er, während er sein Bierglas leerte. „Wenn man in Küssnacht ankommt, muss man aussteigen."

„Und was ist mit den Fraktalen?", krähte Rhododendron mit seiner grünen Stimme. „Wie steht es mit Mandelbrot? Gibt es in der Zeit auch Fraktale?"

Aber Sieverkrüpp achtete nicht auf ihn. Er klemmte sich den Blumentopf unter den Arm und ging zum Parkplatz hinunter. Es fielen bereits die ersten Tropfen. Auch ich erhob mich und flog dem Echinger Seeufer zu.

*Um der Wahrheit die Ehre zu geben: Er war noch nie in Zürich.
*Rhododendron war auch noch nie in Küssnacht.

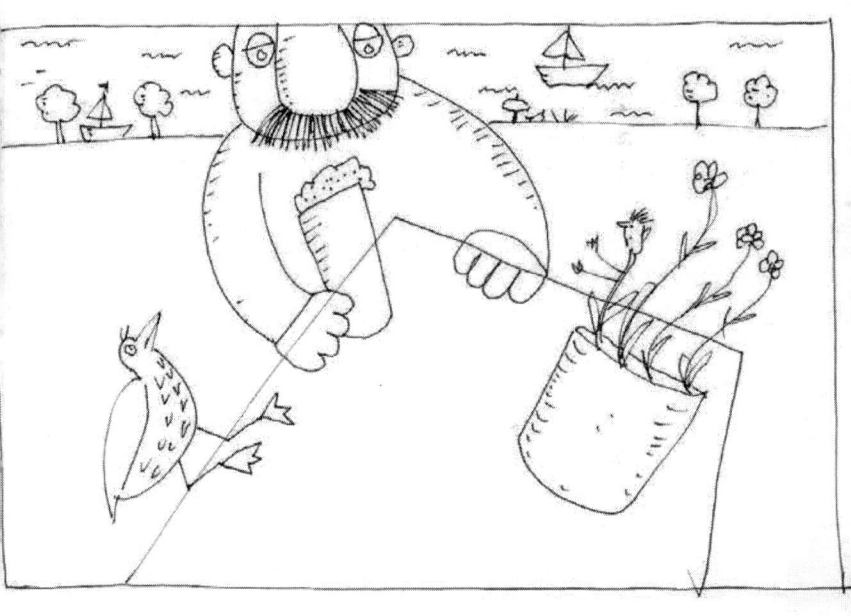

Mein fliegender Garten

Ich habe einen Garten. Nicht vor meinem Haus, nicht hinter meinem Haus. Ehrlich gesagt, ich besitze gar kein Haus. Mein Garten umgibt mich wie eine weite, ungezügelte Hose. Wenn ich gehe, geht mein Garten mit mir. Wo ich bin, ist der Garten um mich herum. Auf dem Bahnsteig, wenn ich auf den Zug nach Buxtehude warte, im Café Superb, wenn ich meinen Vormittag-Aufwach-Espresso trinke, beim Zahnarzt Holtzenbrink, wenn ich...ach, lassen wir das! Ich setze mich hin, und schon kann ich mich in die trauliche Stille meines Gartens hüllen. Die Blumen nicken mir zu, die Äpfel, sie sind fast reif, lächeln mich an, in den Ästen flötet eine Amsel. Die Menschen rundum merken nichts davon. Sie starren nur auf die schlechten Aquarelle an den Sprechzimmerwänden, auf ihre ungeputzten Schuhe, in die ausliegenden Zeitschriften. Mein Garten ist für sie verschlossen. Betreten für Unbefugte verboten! Aber auch wenn sie ihn betreten würden, würden sie nichts von ihm merken. Der Gesang der Amsel klänge für sie wie das Kreischen der Straßenbahn, die reifen Äpfel sähen aus wie übervolle Aschenbecher, die Blumen wie Kugelschreiber oder Kinderwagen.

Nur mein Onkel darf mich manchmal in meinem Garten besuchen. Mein Onkel ist ein Lebensphilosoph. Oder eine Leberwurst, wie man's nimmt.

„Was ist das Leben?", fragte er. „Nichts anderes als eine Leberwurst, eingezwängt zwischen zwei Zipfel. Der eine Zipfel Geburt, dann ein bisschen Leben, dann der andere Zipfel Tod. Auch du bist so eine Leberwurst", sagte er und schaute mich streng an.

„Aha", meinte ich.

„Dein Garten ist der Duft der Wurst", fuhr er fort. „Appetitanregend und schmackhaft."

Habe ich schon erwähnt, dass mein Garten fliegen kann? So wie die fliegenden Gärten der Königin Semiramis in Babylon . Wir erhoben uns in die Luft, flogen einige Runden, mein Onkel, mein Garten und ich. Unsere Reise war sehr erfrischend. Der Wind turnte in den Zweigen des Apfelbaums, probierte den Bauchaufschwung und schlug Purzelbäume, die Gladiolen neigten sich über den Zaun und schauten neugierig in die Tiefe, Schmetterlinge taumelten zwischen den Blüten und schrieben mit ihrer krakeligen Schrift Gedichte in die Luft.

„Chronos", sagte mein Onkel, während er am Gartenrand saß und die Beine über der Tiefe baumeln ließ, „die Zeit ist für ihn wie die Wurst. Er frisst die Zeit, er ist ganz wild darauf."

Habe ich schon erwähnt, dass sich in der Mitte meines Gartens ein Schloss befindet? Ein prächtiges Gebäude mit steilen Dächern und stolzen Türmen und Marmorstufen und verzierten Spiegeln in den Gemächern?

Das Schloss bin ich, man kann in mir spazieren gehen. Manchmal flanieren wir, mein Onkel und ich, durch meine vornehmen Säle und Zimmerfluchten. Wir bewundern die Tapisserien an den Wänden, die kostbaren Gemälde, Portraits meiner Ahnen, blättern auch in dem einen oder anderen ausliegenden Folianten, in welchem die Geschicke der Menschheit verzeichnet sind.

„Wo ist die Zeit?", fragte mein Onkel und schaute mich streng an. „Ist sie noch da, wenn Chronos die Leberwurst aufgefressen hat?"

„Weiß ich's?", sagte ich.

„Chronos", fuhr mein Onkel fort, „hat alle Zeit in seinem Bauch. Er frisst und frisst, und sein Zeitbauch wird immer dicker und dicker."

„Und dann?"

„Irgendwann wird der Bauch so groß sein, dass er zerplatzt. Dann stürzt die Zeit heraus wie die Lava aus einem Vulkan und verteilt sich in alle

Unendlichkeit hinein."

Mein Onkel sagt manchmal solchen Unsinn, man muss ihn nicht ernst nehmen.

Wir hatten nun den Thronsaal erreicht und sahen mich sitzen. Ich saß da, eingehüllt in einen Hermelinmantel, die prächtige, edelsteinbesetzte Krone auf dem Kopf und das dreifach geschmiedete Schwert der Gerechtigkeit in der Hand. Ehrfürchtig auf den Zehenspitzen gehend, näherten wir uns, während ich uns gnädig zunickte. Wir wagten nicht zu sprechen, und für einen Augenblick schien die Zeit stillzustehen.

„Die Zeit ist in die Stille hineingefallen und darin hängen geblieben wie in einer Mausefalle", hätte mein Onkel gesagt, wenn er etwas gesagt hätte. In einer Ecke raschelte es. Ich sah: Chronos näherte sich, rattengesichtig, um die gefangene Zeit zu verschlingen.

In diesem Augenblick erhob ich mich feierlich und majestätisch vom Thron.

„Bitte vom Bahnsteig zurücktreten!", rief ich mit lauter, gebieterischer Stimme. „Der Zug nach Buxtehude fährt in wenigen Augenblicken ein." Da kam er auch schon, gerade noch rechtzeitig. Ich stopfte meinen Onkel geschwind in meine Jackentasche, raffte Schloss und Garten zusammen und stieg ein.

Mein Freund Salzmann stellt Löcher her

„Wir sind ein expandierendes Unternehmen", sagte er, „mit einem gewaltigen Zukunftspotential. Löcher benötigt man überall, und das in zunehmendem Maße. Es ist eine Sache der Materie."

„Der Materie?" Ich riss die Augen auf.

„Jawohl! Genauer gesagt, der Hygiene. Überall nur Materie, Materie, Materie. Das führt zu Verdickungen, Verdichtungen, Verstopfungen, Verkopfungen. Und schließlich zum Kollaps. Willst du etwa den Kollaps der Materie?"

„Nein", sagte ich und klappte die Kinnlade wieder hinauf. Er nickte befriedigt. „Deshalb vermindern wir die Materie, entmaterialisieren sie, bis nur noch die leeren Löcher übrigbleiben."

Wir hockten mitten in einem Musikstück. Borodin oder Katchaturian. Ich muss zugeben, es ist nicht allzu bequem, in einem Musikstück zu sitzen. Ständig mussten wir die Köpfe einziehen, weil uns die Geigenbögen entgegensprangen, mussten unsere Beine vor den heranrollenden Paukentönen heben, mussten uns im Sturmwind der Posaunen ducken. Der Dirigent fuchtelte mit seinem Stab herum, wie wenn er uns erdolchen wollte.

„Und wie macht ihr das? Und wodurch und womit?", fragte ich, während ich blitzschnell einer Dirigentenattacke auswich.

„Mit Löchern, wie ich schon sagte." Salzmann kam keuchend unter dem Stuhl hervor, wohin er sich geflüchtet hatte. „Natürlich ist ein Loch nicht einfach ein Loch. Ein Loch kann man nicht anfertigen wie einen Himbeerpudding oder eine Pudelmütze. Die Herstellung eines Lochs ist ein komplizierter Vorgang. Sozusagen eine Produktion im negativen Sinne, wenn du verstehst, was ich meine. Wir müssen der Materie Materie entziehen. Und was bleibt übrig?"

„Und was bleibt übrig?", wiederholte ich.

Das Konzert hatte sich etwas beruhigt. 2.Satz, Andante sostenuto. Stark aromatische, träge Melodien.

„Das Nichts. Das strukturierte Nichts", sagte Salzmann. „Rund, viereckig, kugelförmig – wie auch immer. Das Nichts eines Käses, das Nichts eines Fahrradreifens, das Nichts eines Fußballs, das Nichts eines Wollsocken."

„Aha". sagte ich. „Und wie macht ihr das? Ich meine, rein produktionstechnisch?"

„Das sagte ich doch schon! Indem wir der Materie Materie entziehen. Sie in Nichts verwandeln."

„Ist das nicht gefährlich?"

Sein Blick nahm einen seltsamen Ausdruck an.

„Wir Menschen sind ja selber materielose Fantasiefiguren. Sozusagen virtuell. Wenn du willst, gestaltgewordene Löcher. Ehrlich gestanden: Welch größeres Vergnügen gibt es, als Löcher in die Socken zu fressen, Käselaibe zu entmaterialisieren, Berge einzuebnen, ja, den Mond entschwinden zu lassen! Alles, alles muss ein einziges Loch werden! Und die Zeit, was machen wir mit der Zeit? Wir nehmen die Gegenwart heraus und machen Vergangenheit. Was ist Vergangenheit anderes als entmaterialisierte Zeit?"

Der 3. Satz hatte begonnen, allegro vivace: Ein Wirbelwind aus Bewegung und Virtuosität.

„Ich habe Borodin nie gemocht", stöhnte Salzmann. „Und Katchaturian – ich hasse ihn. Wenn ich die Karten nicht geschenkt bekommen hätte... Ein Musikstück besteht substanziell auch nur aus Löchern, aus Zeitlöchern, über die dieses unappetitliche Geflecht von Tönen gelegt wird. Quantenphysikalisch besteht die ganze Welt aus Löchern, die Materie ist nur eine Ansammlung von Leere."

Ein Schwall von Klaviertönen rollte auf uns zu. Modulationen, Variationen. Wir konnten ihnen gerade noch ausweichen. Salzmann fing sich einen Ton und steckte ihn in den Mund. „Man muss sie lutschen, Ton für Ton", sagte er. „Manche schmecken nach D-Moll, andere nach Himbeeren."

Endlich war das Konzert zu Ende. Mit dem verebbenden Applaus wandten wir uns dem Ausgang zu. Da trat uns unvermittelt jemand in den Weg. Ein Antivirenprogramm, Besen und Eimer in der Hand. Wir hatten keine Gelegenheit mehr, uns zu analogisieren. Schon hatte es uns gepackt und von der Festplatte entfernt.

126

Mein Ich

Ich
bin
nicht
ich

Wer meint, dass ich ich bin, der täuscht sich. Ich bin nicht ich, sondern ich habe ein Ich. Es besteht aus einer Silbe; einem Vokal vorne dran und zwei Konsonanten dahinter. Die klingen wie der Warnlaut eines wütenden Pudels. Manchmal beißt mich mein Ich in das Bein. Manchmal, wenn ich auf dem Sofa liege, hüpft es auf meinem Bauch herum. Wenn ich schlafe, liegt es eingeringelt unter meinem Bett, empfängt meine Träume und flirtet mit ihnen.

Mein Ich will beschäftigt sein. Mit allen seinen Sinnen will es beschäftigt sein. Ich lasse es an den Veilchen im Frühlingsgarten riechen, an meinem Rasierwasser, ja sogar unter meinen Achselhöhlen. Ich lasse es die Rinde des Apfelbaums im Garten fühlen, die Glätte der Fensterscheiben, die schwingenden Saiten der Gitarre. Wenn ich esse, isst es mit. Es liebt die Würze der Gulaschsuppe, den Geschmack eines sauren Herings, die süße Kälte des Eiskaffees.

Natürlich will es auch sehen. Mein Ich ist unersättlich. Dann reisen wir in die Welt. In Rom zeige ich ihm das Kolosseum, in London die Themsebrücke, in Füssen Neuschwanstein. Das liebt es besonders. Ich muss allerdings aufpassen, dass es mir nicht entkommt. Kaum einen Augenblick weggeschaut, schon ist es in das königliche Bett im königlichen Schlafgemach geschlüpft. Es hüpft darin herum und verkriecht sich unter der Decke. Die pausenlos vorbeidrängenden Touristengruppen wundern sich.

Wieder draußen (vom Fremdenführer hinausgeworfen), fliegt mein Ich über die Wiesen, riecht hier an einer Kuckucksnelke, kriecht dort in eine Mohnblüte. Im Wald klettert es auf die Baumwipfel, schaut in das Nest des Blaukehlchens und in die Höhle des Siebenschläfers. Letzthin geriet es aus Versehen auf die Flügel eines Distelfalters und wurde davongetragen. Erst gegen Abend kehrte es zurück.

Natürlich war es peinlich für mich, einige Stunden ohne mein Ich existieren zu müssen. Aber was wäre, umgekehrt, mein Ich ohne mich? Das heißt, ohne mein Bewusstsein? Erst wenn wir beide - und noch ein paar andere - beisammen sind, bin ich ich selbst.

Der Mensch besteht aus Körper, Geist und Seele, behaupten die Philosophen. Ich behaupte, er besteht aus Birkenrinde, Himbeerpudding, Fensterglas und chinesischen Katzenbuckelbrücken. Aber da kann ich mich irren.

Da saßen wir also beisammen, an langen, blauen Abenden, mein Bewusstsein, mein Ich und meine fünf oder sechs Sinne und diskutierten über den Sinn des Lebens und das Wesen der Welt. Das sei ein und dasselbe, meinte mein Ich.

Nein! Das Eine sei geradezu das Gegenteil des anderen, protestierte mein Bewusstsein. Meine fünf Sinne verstanden immer nur, was sie verstehen wollten. Selektive Wahrnehmung. Mein sechster Sinn verstand überhaupt nichts, aber das auf metaphysische Weise.

„Ihr seid in euren fünf Sinnen und drei Dimensionen eingeschlossen", sagte er. „Noch eine Dimension dazu, und ihr könntet euch wortlos unterhalten und würdet alles verstehen. In der vierten Dimension spricht man telepathisch miteinander." Ich nahm an, das war gelogen. Mein sechster Sinn hatte gelegentlich solche Anwandlungen.

„Jetzt fehlt nur noch, dass du mit Zeit und Raum daherkommst", gähnte mein Ich. „Das ödet mich an."

„Zeit und Raum sind miteinander verknotet wie ein Hefezopf", sagte mein sechster Sinn. „Natürlich eines bereits Gegessenen", fügte er hinzu, als ihn alle erstaunt betrachteten. (Sie sahen ihn aber nicht, weil der Sechste Sinn unsichtbar ist.)

„Und wer hat ihn gegessen?", wollte mein Bewusstsein wissen.

„Die Gegenwart", meinte er. „Sie muss ja von etwas leben, sonst würde sie verhungern."

Das war unser Stichwort. Jeder steckte sich ein Stück Zeitkontinuum in den Mund, dann begannen wir, an der Gegenwart zu lutschen.

Mein Onkel besteht aus zwei Seiten

Mein Onkel besteht aus zwei Seiten.

Auf der einen Seite ist er ein Onkel, wie eben ein Onkel ist: Weitausladender Schnurrbart, hervorragende Nase, darüber ein haarloser, schildkrötenähnlicher Hügel, so glatt und glänzend, dass in kalten Novembernächten das Mondlicht darauf Schlittschuh laufen kann.

Auf der anderen Seite ist er ein Regenwurm.

Was weiter nicht verwundert, denn in unserer weitverzweigten Familie gibt es eine ganze Reihe von Mitgliedern, die aus dem üblichen Rahmen weitverzweigter Familien fallen. So verfügt ein promovierter Großonkel mütterlicherseits über eine bibliophile Ausgabe von Meyers Konservationslexikon, besitzt meine Tante Amalie eine Geschürrspielmaschine, die von Morgens bis Abends Schlager aus der Gründerzeit spielt, ist meine Cousine Clementine gar mit der Schnupftabaksdose Friedrichs des Großen verheiratet, allerdings in morganatischer Ehe (was immer das auch sein mag).

Was den Regenwurm betrifft, so war er schon seit längerer Zeit abgängig. Zuletzt hatten wir ihn nach einem tränenreichen Abschied (in unserer weitverzweigten Familie sind Abschiede immer tränenreich) im Mistbeet hinter den Johannisbeersträuchern gesehen. „Ich will wissen, wie es auf der anderen Seite der Erde aussieht", waren seine letzten Worte, bevor er im Boden verschwand.

Die Geschichte nahm Fahrt auf, als mich mein Onkel (der mit dem Schnurrbart) beiseite nahm und fragte, ob ich ihn auf eine Reise nach Katschaturian begleiten wolle. Meine Augen leuchteten auf wie Blendraketen. Katschaturian! Katschaturian! Was für ein Wort! Was für ein Klang! Wundersame Bilder tauchten in meiner Fantasie auf, schneebedeckte Berggipfel, palmenbestandene Oasen, goldüberkuppelte Paläste, in denen mandeläugige Tempeltänzerinnen tanzten, tempelten und mandelten.

Natürlich geschah die Einladung meines Onkels nicht uneigennützig. I bewahre! Er befürchtete (zu Recht!), dass er als nichtexistente Person kein Visum erhalten würde. Mit anderen Worten: Ich solle ihn ins Flugzeug und über die Grenze schmuggeln. Unser Plan war schlau, konspirativ und verwegen. Mein Onkel verwandelte sich mithilfe eines Omnibusses, unter dessen dicke Räder er sich legte, in eine Schuhsohle. Rundum zugeschnitten (die Schnurrbartspitzen mussten dran glauben) passte er wunderbar in meine mit Hirschtalg eingefetteten Wanderstiefel.

So überwanden wir Zollformalitäten, Flughafenüberwachung und die Kontrolle des gefürchteten katschaturianischen Geheimdienstes.

Und dann: Welch ein Empfang! Man verwechselte uns mit einer deutschen Regierungsdelegation, deren Flugbereitschaft wieder einmal ausgefallen war und empfing uns mit großem

Protokoll. (Mein Onkel hatte allerdings weniger von dem Vergnügen, konnte er doch auf dem Grund meiner Stiefel weder hören noch sehen und wurde obendrein bei jedem Schritt schmerzhaft getreten.)

Die himmelstürmenden Berggipfel waren, ihre weißen Gletscherbärte auf das Flugfeld hängend, in Reih und Glied angetreten, Schulkinder flatterten uns fähnchenschwingend entgegen (in Katschaturian können alle Kinder fliegen, das verliert sich dann in der Pubertät), eine katschaturianische Kapelle intonierte einen schneidigen Ventiliermarsch, offenbar die hiesige Nationalhymne.

Wenig später ließ die Aufmerksamkeit der Gastgeber schlagartig nach, weil die Regierungsdelegation, mit der man uns verwechselt hatte, eingetroffen war. Das gab mir Gelegenheit, rasch in einer kleinen, abseits stehenden Kapelle zu verschwinden.

Weihrauchgeschwängerte Dämmerung, geheimnisumwitterte Ikonostase, dunkelglühende Heiligenblicke, seufzender Hall jahrhundertealten Gemäuers.

Aber nein! Der seufzende Hall kam aus meinen Schuhen, deren Sohlen schmerzgekrümmt aufbegehrten. Ich kroch in einen Beichtstuhl und befreite, unbemerkt von den Augen des gefürchteten katschaturianischen Geheimdienstes, meinen Onkel aus seinem Martyrium. Welch ein Aufschrei der getretenen Seele! Welch ein Laut aus den Tiefen allumfassender Erlösung! Nicht mit menschlichen Worten zu beschreiben, weshalb ich hier nur ansatzweise die Laute zitieren kann, die sich meinem getretenen Onkel entrangen: O-uh u-ah darama- hatwa dawambo o-uh usf. usf.

Als wir aus der Dämmerung des Gotteshauses in das Licht des hellen Tages hinaustraten, hatte sich alles verändert. So weit das Auge reichte, stein-übersäte Wüste, darüber ein bleischwerer Himmel, irgendwo in der Ferne graue, zerfaserte Fetzen, die an die Flügel gefallener Engel erinnerten. Wie ein Gemälde von Dali, dachte ich. Allerdings ohne surrealistische Möblierung.

Wir blickten uns um. Die Kapelle war verschwunden, eine Rückkehr unmöglich. Was blieb uns anderes übrig, als mit hoffnungslosen Schritten in die Trostlosigkeit hineinzuwandern.

Offenbar waren wir tatsächlich in ein Gemälde Dalis geraten.

Vor uns braune, unappetitliche Berge, die sich beim Näherkommen als riesige Hundeköpfe entpuppten, mit schmelzenden Uhren behangen, zerbrochene Tonkrüge, denen verzerrte Gesichter entquollen, irgendwo eine brennende Giraffe. Die Sonne knallte gnadenlos herunter, der Schweiß troff uns in Strömen von den Stirnen, Steine warfen sich vor unsere geschundenen Füße.

„Ich hasse surrealistische Gemälde", krächzte ich mit trockener Kehle.

„Ich hasse surrealistische Geschichten!", jammerte mein Onkel. „Vor allem solche wie diese, in die wir unverschuldet geraten sind*."

Ich wollte dazu noch einige literaturkritische Bemerkungen anfügen, da entdeckten wir vor uns eine in einen hässlichen, braunen Umhang gehüllte Gestalt, die in einer Ansammlung hässlicher, brauner Felsbrocken hockte und aussah wie eine in einen hässlichen, braunen Umhang gehüllte Gestalt, die in einer Ansammlung hässlicher, brauner Felsbrocken hockte.

Zögernd traten wir näher.

„Ehrwürdiger Bartträger", begann mein Onkel, „wir haben uns verlaufen und wissen nicht aus noch ein. Kannst du uns sagen, wo sich Katschaturian derzeit befindet? Wir sind seiner offenbar verlustig gegangen."

Der Alte hob seinen Kopf und sah uns an mit einem Blick, in dem sich die Weisheit unendlicher Weltalter spiegelte.

„Katschaturian bin ich", sagte er.

„Was bist du?"

„Ich bin Katschaturian, und Katschaturian ist ich. Oder, anders ausgedrückt: Ich bin in Katschaturian und Katschaturian ist in mir. Eine Sache der Dimensionen. Die dritte Dimension umschließt die vierte, wenn du verstehst, was ich meine."

Mein Onkel verstand, quantenbewusst. „Oh Himmel", rief er und schaute mich an mit einem Blick, in dem sich der Irrsinn unendlicher Weltalter spiegelte. „Außen ist er Katschaturian in der dritten, innen in der vierten Dimension. Wenn wir jemals aus dieser Wüsteney herauskommen wollen, müssen wir uns ebenfalls in die vierte Dimension begeben."

Für nichtexistente Personen wie uns war das

nicht allzu schwer. Wir mussten uns nur um-
krempeln, so wie man einen Anorak umdreht,
und siehe da!

Wir befanden uns in einer kleinen, abseits
stehenden Kapelle. Weihrauchgeschwängerte
Dämmerung, geheimnisumwitterte Ikonostasen,
dunkelglühende Heiligenblicke, seufzender Hall
jahrhundertealten Gemäuers.

Als wir aus der Dämmerung des Gotteshauses in
das Licht des hellen Tages traten, erblickten wir
eine steinübersäte Wüste, darüber ein bleischwerer Himmel, irgendwo in der Ferne graue, zerfaserte Fetzen, die an die Flügel gefallener Engel erinnerten. Wie ein Gemälde von Dali, dachte ich.
Die Kapelle hinter uns war verschwunden. Mit
hoffnungslosen Schritten wanderten wir in die
Einöde hinein. Die Sonne brannte gnadenlos herunter, Steine warfen sich vor unsere Füße, dass
wir stolperten und Gefahr liefen, auf die gluthei-
ßen Felsen zu stürzen und gebraten zu werden
wie Spiegeleier. Nach einiger Zeit bemerkten wir
vor uns eine in einen hässlichen, braunen Umhang gehüllte Gestalt.

Mein Onkel blieb mit einem Ruck stehen und
stierte mich erschrocken an.

„Die Kapelle...der Alte....", stotterte er. Und
dann, aufschreiend: „Wir sind in eine Zeitschleife
geraten!"

Ich wusste, was das bedeutete. Sisyphos fiel mir
ein, Peter Schlemihl, Ahasver, Quasimodo, Alex-
ander Dobrinth. Mein ganzes Bewusstsein implo-
dierte. Von Schwindel erfasst, sank ich zu Boden.

In diesem Augenblick größter Hoffnungslosigkeit geschah etwas, was in unserer weitverzweigten Familie später als das Wunder von Katschaturian bezeichnet wurde. Vor unseren Füßen tat sich der Boden auf, und mein Onkel erschien. Nicht der mit dem Schnurrbart (der war schon da), sondern der Regenwurm.

„Hübsch hässlich, das Ende der Welt", sagte er mit seiner piepsigen Regenwurmstimme. Dann entdeckte er uns und erkannte sofort unsere verzweifelte Lage.

„Keine Bange", piepste er, „ich habe da ein Wurmloch entdeckt. Eine Abkürzung im Ort-Zeit-Kontinuum, wenn ihr versteht, was ich meine*."

Wir verstanden. In Windeseile krempelten wir uns in die altgewohnte Dimension zurück und stürzten uns in die Tiefen des schwarzen Lochs.

Es dauerte nur den Bruchteil einer Sekunde, dann standen wir auf der anderen Seite der Erde und kamen gerade zurecht, als meine Cousine mütterlicherseits ihre Scheidung von der Schnupftabaksdose feierte.

„Endlich frei!", jubelte sie und umschlang meinen Onkel (den mit dem Schnurrbart) mit zärtlichen Armen.

---

* Schuld trägt offenbar ein gewisser Autor, dessen Namen wir an dieser Stelle verschweigen.

*Wurmlöcher sind theoretische Gebilde, die zwei Seiten desselben Raumes, zum Beispiel des Universums, durch einen Tunnel verbinden und so eine Abkürzung durch die Raumzeit ermöglichen.

Der Aufstand der Bücherwürmer

Herr Angermann war Schriftsteller. Er schrieb Kriminalromane. Dazu benötigte er natürlich viele Bücher. Wenn er zum Beispiel wissen wollte, wie es in Paris aussieht, weil Kriminalinspektor Holzauge dort den gefährlichen Einbrecherkönig Mike Knisterfinger zur Strecke bringen sollte, stieg er nicht etwa in den nächsten Schnellzug nach Frankreich. Nein, er ging in seine Bücherei und zog ein Buch über Paris aus dem Regal. Und darin stand alles, was ihn interessierte.

Und wenn Herr Angermann beabsichtigte, einen Erdbeerkuchen herzustellen, marschierte er ebenfalls in seine Bücherei. Diesmal zog er das Buch „Backen von A bis Z" heraus. Denn Herr Angermann lebte allein und musste sich selbst seine Kuchen machen. Er musste auch selber den Brombeerblättertee aufbrühen und die Ochsenschwanzsuppe kochen und die dicken Wollsocken stopfen und das schmutzige Geschirr abwaschen.

Manchmal brühte er den Erdbeerkuchen auf, kochte die dicken Wollsocken, stopfte das schmutzige Geschirr und wusch die Ochsenschwanzsuppe. Aber das geschah nur, wenn er an einem Roman schrieb und sehr in Gedanken war.

So mutterseelenallein, wie Herr Angermann glaubte, war er aber nicht. Im Gegenteil! In seiner Bibliothek, zwischen den vielen Büchern, hauste ein ganzes Volk. Das Volk der Bücherwürmer.

Bücherwürmermänner, Bücherwürmerfrauen

und Bücherwürmerkinder, insgesamt zweihundertfünfundachtzig Stück. Von den zwölf Holzwürmern, die in den Pfosten des Regales herumknabberten, ganz zu schweigen.

Die Bücherwürmer waren ein zufriedenes Völkchen. Sie verbrachten ihr Dasein bescheiden zwischen den Einbanddeckeln und fraßen sich von Seite zu Seite. Wurde es ihnen in einem Band, zum Beispiel in den „Wanderungen durch die Mark Brandenburg" zu langweilig, so zogen sie um. Dann durchstreiften sie das Buch „Flusspiraten am Mississippi" oder „Von Bagdad nach Stambul". Und weil die Bibliothek des Herrn Angermeier sehr groß war, kamen die Bücherwürmer in der ganzen Welt herum, ohne die Wohnung verlassen zu haben. Nebenbei wurde sie recht gebildet, drückten sich gewählt aus, und einer konnte sogar ein bisschen Englisch, weil er sich eines Abends in den Band „Englisch in dreißig Lektionen" verirrt hatte.

Das bedeutendste Ereignis war das jährliche große Wettfressen. Alle zweihundertfünfundachtzig Stück, die Bücherwürmeropas und Bücherwürmeromas eingeschlossen, stürzten sich auf ein Zeichen des Oberbücherwurms auf eine Reihe nebeneinanderstehender Bände, zum Beispiel auf „Meyers Konversationslexikon", und fraßen sich durch die Seiten, dass es nur so staubte. Wenn Herr Angermann nicht schon alt und ein wenig taub gewesen wäre, hätte er sicher die schmatzenden Geräusche gehört, hätte gesehen, wie die Buchrücken ins Beben gerieten, hätte vielleicht sogar den winzigen Kopf eines fürwitzigen Bücherwurms entdeckt, der aus der Richtung geraten war und sich unversehens ans Tageslicht gefressen hatte.

Sieger war, wer die Bücherreihe am schnellsten durchknabbert hatte. Er wurde von den anderen Bücherwürmern auf die Schultern gehoben und bekam den goldenen Bücherfressorden am Band. Das heurige große Wettfressen sollte durch eine Reihe von Büchern gehen, die Herr Angermann erst kürzlich gekauft hatte, und die noch ganz neu waren und nach Druckerschwärze rochen.

„Denn", so hatte der Schriftsteller vor sich hingebrummt, „man muss mit der Zeit gehen und auch einmal moderne Bücher kaufen, wie sie die Jugend heute liest!"

Das hatte ein Bücherwurmteeny gehört und dem Oberbücherwurm berichtet. Und der hatte beschlossen: „Was Herr Angermann kann, das können wir auch. Unser heuriges großes Wettfressen geht durch die moderne Literatur!"

Alle Bücherwurmuntertanen waren begeistert. „Hurra, das wird ein Spaß!", rief der Bücherwurmteeny und machte vor Freude einen Kopfstand. Sein Kollege, der ein bisschen Englisch verstand, bekam einen poetischen Einfall und dichtete: „Gehe mit der Zeit, dann bist du up to date."

Wenn aber nun jemand geglaubt hatte, die Freude der wurmartigen Volksgenossen würde anhalten, so war das ein Irrtum. Kaum hatten nämlich die ersten Bücherwürmer, noch mit vollen Backen kauend, die letzten Seiten der modernen Bücher verlassen, begannen sie schon zu quengeln und zu schreien.

„Man hält uns kurz!", riefen sie mit rosarot angelaufenen Köpfen. „Ständig füttert man uns mit erbaulicher Literatur und will uns dumm, zufrieden und fett haben wie Weihnachtsgänse!"

„Und überhaupt", der Bücherwurmteeny richtete sich hoch auf und machte ein wichtiges Gesicht, „und überhaupt fordern wir ein höheres Bildungsangebot, Chancengleichheit und die Entrümpelung sämtlicher Lehrpläne!"

Sein dicker Vetter, der schon zweimal das Bücherwettfressen gewonnen hatte, rief mit hoher Stimme: „Wir wollen vitaminreiche Kost aus biologischem Anbau! Von dem ständigen Papier bekommen wir einen Papierbauch. Und Druckerschwärze ist sowieso ungesund!" Die Kameraden, die sich im Halbkreis um die beiden versammelt hatten, nickten heftig mit den Köpfen. „Sehr richtig!", schrien sie. Und der Längste von allen trommelte mit dem Hinterleib auf den Boden und rief: „Bravo!"

Es gab noch eine kurze Unterbrechung, als plötzlich der Kopf eines Holzwurms zu ihren Füßen erschien und „herein!" sagte.

„Was heißt hier herein!", rief der dicke Bücherwurm wütend. Der Holzwurm zog den Kopf ein. „Oh, Verzeihung", murmelte er. „Ich dachte, es hätte jemand geklopft."

„Niemand hat geklopft!", stellte der Oberbücherwurm fest. „Wir machen eine

Protestversammlung."

„Na, dann prost!", sagte der Holzwurm, der glaubte, Protest sei etwas zum Trinken.

Die Bücherwürmer aber wollten Herrn Angermann einmal gründlich die Meinung sagen. Sie beschlossen, einen Demonstrationszug zu veranstalten. Bald war ein Teil von ihnen damit beschäftigt, kleine Streifen Papier aus den Büchern herauszusäbeln, während andere fleißig Druckerschwärze sammelten. Der Bücherwurm mit den Englischkenntnissen, der als Gescheitester von allen galt, musste schreiben. Mit kohlschwarzer Farbe malte er in großen, dicken Buchstaben auf die Papierschnitzel, was man Herrn Angermann mitteilen wollte.

Zum Beispiel:

„Wir Bücherwürmer fordern alle
moderne Bücher im Regale!"

Oder:

„Herr Angermann ist gar nicht nett,
er lässt uns dumm und faul und fett!"

Der dicke Bücherwurm, der schon zweimal
Sieger im Wettfressen war, dichtete:

„Ist Herr Angermann weiter so gemein,
dann schlagen wir ihm den Schädel ein!"

Zwar wiegte der Oberbücherwurm bei diesem Spruch bedächtig das Haupt und meinte, das ginge doch ein wenig zu weit, denn schließlich und endlich hätte sie der Besitzer der Bücherei ja eigentlich bis jetzt immer an und für sich recht anständig behandelt. Aber die anderen

Volksgenossen widersprachen ihm lauthals. „Wir sind keine dummen Holzwürmer, die sich alles gefallen lassen!", riefen sie. „Wir sind intelligente Bücherwürmer! Und wir fordern, dass man uns Gehör schenkt!"

Dann war es so weit.

Das ganze Volk, Bücherwürmermänner, Bücherwürmerfrauen und Bücherwürmerkinder stellte sich in einer Reihe auf. Es war ein langer, beeindruckender Zug, der da die Pfosten des Bücherregals hinabkroch.

„Wir sind zweihundertfünfundachtzig Stück!", flüsterte der Bücherwurmteeny seinem Freund, dem dicken Bücherwurm, zu. „Wenn man annimmt, dass jeder von uns durchschnittlich drei Millimeter lang ist, so ist das ein Zug von...von..." Der Bücherwurm rechnete nach. Aber weil er es nicht herausbrachte, ärgerte er sich und bekam einen dicken Kopf.

„Von fast neunhundert Millimetern", half ihm sein Kamerad, der erst kürzlich ein Mathematikbuch gelesen hatte. „Das sind neunzig Zentimeter. Das ist fast ein ganzer Meter!"

„Fast ein ganzer Meter!", wiederholte der Bücherwurmteeny ehrfürchtig und blickte um sich. Bücherwürmer sind bekanntlich kurzsichtig, und deshalb konnte er das Ende der langen Prozession gar nicht mehr erkennen. Und weil jeder Bücherwurm zehn winzige Füßchen besaß, waren es insgesamt zweitausendachthundertundfünfzig winzige Füßchen, die da über die Holzpfosten raschelten. Natürlich hörten die Holzwürmer, die im Inneren der Pfosten hausten, das Kratzen und Schaben. Erstaunt knabberten sie sich ins Freie und guckten neugierig in die Runde.

„Na, so was!", sagten sie erstaunt und schüttelten die Köpfe. Weil sie aber nicht wussten, was das alles bedeuten sollte, zogen sie sich wieder in ihr hölzernes Revier zurück. Und weil sie es nicht gewohnt waren, über Dinge nachzudenken, die sie nichts angingen, machten sie sich wieder ans Fressen.

Die Bücherwürmer hatten inzwischen den Fußboden erreicht. Sie krochen über die Dielenbretter. Nach einer kurzen Rast am Fuße des Schreibtisches ging es an den Aufstieg. Schwitzend und schweratmend kam man endlich oben auf der Schreibtischplatte an. Besonders die Genossen, die die Papierstreifen schleppten, waren ganz abgekämpft. „Wenn ich gewusst hätte, wie anstrengend das ist, wäre ich lieber zu Hause geblieben!", schnaufte ein älterer Bücherwurm und schüttelte den Kopf, dass die Schweißtropfen nur so umherflogen. Aber der Sieger des Wettfressens wies ihn zurecht: „Man muss für die Gemeinschaft Opfer bringen!", sagte er. „Ohne Fleiß kein Preis!"

„Auf den Preis bin ich gespannt!", brummte der ältere Bücherwurm mürrisch. Aber er brummte es nur ganz leise, weil er vor den anderen Angst hatte.

Dann wurde der Bücherwurmteeny auf Erkundung ausgeschickt. „Dort in der Ferne", stellte der Oberbücherwurm fest, „erhebt sich ein Gebirge, das dem Herrn Angermann ähnlich sieht. Nähere dich unauffällig und stelle fest, ob es sich tatsächlich um den Besitzer der Bücherei handelt!"

Der Oberbücherwurm hatte richtig geraten. Da nahm man wieder die Schlachtordnung ein und marschierte auf den Menschenberg zu.

„Wie wird Herr Angermann erschrecken, wenn er unsere große Zahl sieht!", meinte der dicke Bücherwurm stolz.

„Er wird vor Angst mit den Zähnen klappern!", lachte der Teeny.

„Vielleicht läuft er davon!" Der längste aller Würmer – er maß dreieinhalb Millimeter vom Kopf bis zur Schwanzspitze – gluckste vor Vergnügens, als er sich vorstellte, wie der riesige Herr Angermann davonrennen würde. Der Schriftsteller aber merkte nichts von alledem. Er saß an seinem Schreibtisch. Und weil er schon alt war und heute schon lange gearbeitet hatte, war er eingeschlafen. Der Kugelschreiber war ihm aus den Fingern geglitten, die Brille über die Nase gerutscht. Außerdem schnarchte er so, dass die Haare seines Schnurrbartes flatterten.

„Auseinander...zieht!", kommandierte der Oberbücherwurm. Da stellten sich alle auf dem weißen, erst halb beschriebenen Blatt (es war der Beginn eines neuen Krimis) in breiter Front auf. Jeder versuchte, so furchteinflößend wie möglich dreinzuschauen. Der kleinste Bücherwurm zog ein so wütendes Gesicht, dass er vor sich selber Angst bekam und zu heulen begann. Dann erhob der kommandierende Oberbücherwurm wieder seine Stimme: „Transparente rollt ent!", brüllte er, so laut er konnte. Im Handumdrehen waren die Papiertransparente auseinandergerollt. Leider konnte Herr Angermann sie nicht lesen. Denn er war kurzsichtig. Außerdem schlief er noch immer. Jetzt richtete der Oberbücherwurm seine Worte direkt an den Gegner: „Wir Bücherwürmer protestieren!", rief er laut. „Wir wollen größere Bildungschancen, spannendere Romane und besseres Papier!"

„Chrrr!", schnarchte Herr Angermann.

Der Oberbücherwurm verstärkte seine Stimme noch um einige Tausendstel Phon (und das ist für einen Bücherwurm schon allerhand): „Wir wollen moderne Bücher von modernen Schriftstellern!" rief er. „Und Papier aus biologischem Anbau!" Er brüllte so laut, dass sein Körper vom Kopf bis zur Schwanzspitze rot anlief und dick anschwoll.

„Chrrr!", schnarchte Herr Angermann.

Die Angreifer hielten Kriegsrat. „Der Gegner stellt sich taub", meinte der Bücherwurmteeny. „Aber das soll ihm nichts helfen. Wir werden ihn mit solchem Gebrüll aufwecken, dass ihm Hören und Sehen vergeht!"

Das war ein Wort!

Wieder kommandierte der Oberbücherwurm – er war schon etwas heiser: „Alles...brüllt!"

Da erhob das ganze Volk ein markerschütterndes Geschrei. Zweihundertfünfundachtzig raue Bücherwurmkehlen brüllten so laut, dass sich das halbbeschriebene Blatt wölbte und der Kugelschreiber vor Schreck zu rollen anfing. Leider war

Herr Angermann besonders schwerhörig. Sonst wäre er sicher aufgewacht. So aber schnarchte er ruhig weiter.

Als sich die Angreifer heiser geschrien hatten und einige schon Erstickungsanfälle bekamen, hob der Oberbücherwurm den dritten Fuß von links. Das hieß in der Bücherwurmzeichensprache: Alles schweigt! Tatsächlich trat augenblicklich Ruhe ein. Nur der allerkleinste Bücherwurm heulte leise vor sich hin, weil er sich immer noch fürchtete. Wieder trat der Kriegsrat zusammen.

„Es hilft nichts!" Der Teeny wackelte mit dem Kopf. „Wir müssen den Gegner aufwecken. Und dann gehen wir zum Sturmangriff über."

„Aufwecken. Sehr richtig!", murmelten die anderen.

„Aber wie?", fragte der Oberkommandierende.

Da drängte sich der Dicke, der schon zweimal das Wettfressen gewonnen hatte, vor. „Lasst mich nur machen! Ich habe eine Idee!", rief er. „Ich werde den Gegner zum Zweikampf herausfordern!"

„Hurra!", schrien alle begeistert. „Er ist ein Held! Hoch!"

Nur der Allerkleinste schüttelte bedenklich den Kopf. „Ist das nicht gefährlich?", fragte er weinerlich.

„Vielleicht werde ich es nicht überleben", sagte der Dicke. „Aber ich opfere mich für die Allgemeinheit."

Da kannte die Begeisterung keine Grenzen. Man hob ihn auf die Schultern und trug ihn fünfzehn Mal im Kreis herum. Nach der feierlichen

Verabschiedung ging der Held mit entschlossenem Gesicht zum Angriff über. Behende kletterte er an Herrn Angermanns Weste hoch. Auf der Krawatte hielt er eine kurze Rast, dann ging es über das stoppelige und schlecht rasierte Kinn. Unten hielt man den Atem an.

„Wird er es schaffen?", fragten sich alle.

Schließlich hatte der Angreifer Herrn Angermanns Nase erreicht. „Jetzt oder nie!", dachte er. Und schwupp! war er im linken Nasenloch verschwunden.

„Hurra!", schrie das Volk und winkte mit den Beinen.

„Nun wird er ihm gründlich die Meinung sagen!", meinte der Oberbücherwurm.

„Und der Büchereibesitzer muss klein beigeben!", rief der Teeny triumphierend.

Herr Angermann aber gab nicht klein bei, sondern holte einmal tief Luft, öffnete ein wenig den Mund, und dann sauste der tapfere Held wie eine Rakete aus dem Nasenloch hervor. Ein feiner Sprühregen senkte sich auf Tisch, Papier und Kugelschreiber. Bevor sich die Streitmacht der Bücherwürmer in Sicherheit bringen konnte, nieste Herr Angermann zum zweiten Mal. Es schien, als hätte er Dynamit verschluckt, so stark war die Explosion. Die Folgen waren verheerend. Bücherwürmerväter, - mütter, -opas, -omas und – kinder wirbelten durch die Luft wie Staubkörner. Die Manuskriptseiten wölbten sich auf und flatterten vom Tisch. Der Kugelschreiber begann abermals zu rollen und polterte mit Getöse auf den Fußboden.

Erst lange, lange Zeit später begann das geschlagene Heer sich am Fuße des Bücherregals zu sammeln. Man schiente gebrochene Beine und verband blutende Wunden. Der Oberbücherwurm ließ alle seine Untertanen antreten und machte Bilanz. Man zählte drei Beinbrüche, fünfzehn Schürfwunden, zwölf Verstauchungen, zehn Gehirnerschütterungen und einen Hexenschuss. Den Hexenschuss hatte ein Krankenpfleger davongetragen, der den verletzten Bücherwurmteeny auf ein Transparent heben wollte, das man als Tragbahre benutzte. Zum Glück haben Bücherwürmer ein zähes Leben, und so schwebte niemand ernsthaft in Lebensgefahr. Und als man schließlich den dicken Bücherwurm, der durch seinen kühnen Vorstoß die Explosion ausgelöst hatte, auf dem gegenüberliegenden Fensterbrett entdeckte, hob sich die Stimmung wieder. Außer einem Schnupfen, den sich der tapfere Held in Herrn Angermanns Nase geholt hatte, war er vollkommen unverletzt. Er gesellte sich zu seinen Volksgenossen, dann machte man sich auf den Heimweg. Es war ein mühsamer Aufstieg. Ächzen und Stöhnen begleitete den Zug des geschlagenen Heeres. Nur der kleinste Bücherwurm freute sich und hüpfte den anderen voran.

„Das nächste Mal kann Herr Angermann aber was erleben!", rief er angriffslustig. „Da niesen wir zurück!"

* Wurmlöcher sind theoretische Gebilde, die zwei Seiten desselben Raumes, zum Beispiel des Universums, durch einen Tunnel verbinden und so eine Abkürzung durch die Raumzeit ermöglichen.

Mein Onkel im Geschwindigkeitsrausch

Ab und zu, besonders an kaffeegeschwänger-
ten Nachmittagen, gerät mein Onkel in einen
Geschwindigkeitsrausch. Nun ist ein Rausch bekanntlich eine Sinnesverwirrung, hervorgerufen
durch Alkoholgenuss, Drogenkonsum oder exzes-
sive kinesiologische Übungen. Beim Geschwindigkeitsrausch kommt eine weitere Komponente
hinzu: Die Zeit. Im Delirium verlässt sie ihren
kontinuierlichen, behäbigen Fluss, tritt über die
Ufer, beginnt zu rasen, ein atemloses Ungeheuer.
In solchen Zuständen fliegt mein Onkel, laut
vor sich hinknatternd, in konzentrischen Kreisen
um unsere Wohnzimmerlampe. Die Kreise ver-
vielfachen sich dabei auf unerklärliche Weise,
verlieren nach und nach ihre konzentrische Konsistenz und durchdringen, umschlingen, verqui-
cken, verknäueln sich so ineinander, dass sie sich
zuletzt wie ein Gordischer Knoten nicht mehr
auflösen lassen.
Ich muss dann immer – notgedrungen - zur
Fliegenklatsche greifen und meinen Onkel
erschlagen.
Dann ist er zwar tot, der Geschwindigkeitsrausch aber saust noch eine Weile wie ein Hahn
ohne Kopf um die Lampe herum, bis die Zeitkrei-
se nach und nach welker und unansehnlicher
werden, ihr π erodiert, schließlich sinken sie erschöpft zu Boden und verdampfen.
Nun muss man keinen Trauerflor tragen und in

Jammergesänge ausbrechen wegen des Ablebens meines Oheims. Nein!, ein toter Onkel ist noch vielseitig verwendbar. Man kann ihn aufs Brot schmieren, ins Pfandhaus bringen, als Anrufbeantworter ins Telefon einspeisen oder eine Geschichte erzählen lassen.

„Stell dir vor", erzählte er eines Tages, „als ich einmal im Geschwindigkeitsrausch die Wohnzimmerlampe umkreiste, gelang es mir, die konzentrischen Zeitschalen zu durchbrechen und zum Fenster hinauszufliegen. Ich raste bei Rot über die Ampel, sauste in verkehrter Richtung durch eine Einbahnstraße, warf eine Frau mit ihrem Kinderwagen um, durchbrach mehrere Polizeisperren, überlebte mit knapper Not einen Drohnenangriff, und dann hinaus, hinaus..."

„Wo hinaus?", fragte ich.

„In alle Welt. Und meine Sinne sausten hinter mir her wie ein Bienenschwarm hinter seiner Königin."

„Deine Sinne?"

„Der Riechsinn, der Sehsinn, der Tastsinn, der Hörsinn und wie sie alle heißen. Normalerweise sind die Sinne bekanntlich in unserem Körper eingeschlossen. Bei meiner Geschwindigkeit aber hatten sie glatt den Anschluss verpasst und versuchten nun verzweifelt, mich wieder einzuholen."

„Und dann?", fragte ich.

„Man muss wissen, dass es unzählige Sinne gibt", erklärte mein Onkel. „Der Riechsinn zum Beispiel besitzt viele Facetten. Da gibt es einen Sinn für die knusprigen Brötchen im Bäckerladen, einen für die Kartoffelboviste im Wald, einen für den frisch gefallenen Regen, vom vollherben, herbstlichen Duft der Rosen ganz zu schweigen. Beim Tastsinn und beim Hörsinn ist es ebenso. Und beim Sehsinn: Einen für den samtblauen Himmel in weichen Juninächten, einen für den Glanz auf den Schenkeln des Regenbogens, einen für das silbrige Zirpen der Sommergrillen...“

„Und dann?“, fragte ich.

„Ich wurde von allen Sinnen verfolgt, einem Sinnenschwarm, einem Sinnensturm, einem Sinnentornado. Schließlich verließ mich die Kraft. Ich setzte mich unter eine Agavenblüte am Rand eines staubigen Indianerpfades, es war irgendwo in der Atacama, um mich auszuruhen. Schon stürzten sie alle auf mich, hüllten mich ein, schlugen über mir zusammen und umgaben mich wie eine brausende Wolke. So begann meine Laufbahn als Sinnenkönig.“

„Als was?“

„Als Sinnenkönig. Ich hatte es noch nie schöner und bequemer“, erzählte mein Onkel. „Man pflegte mich, man atzte mich, man führte mir allerliebste Sinnenköniginnen zu, Elfenwesen, die ich zu begatten hatte, um weitere Sinne zu zeugen.“

„Und dann?“

„Dann wurde es mir langweilig. Kein Fernsehen, keine Dönerbude, kein Facebook. Wie sehnte ich mich nach einer ganz gewöhnlichen Bockwurst mit Pommes! Kurz und gut, eines Tages schlich

ich mich aus dem Schloss, das mir meine Sinne errichtet hatten, und flog hinaus in die Nacht. Ich entkam mit Müh und Not einer Polizeistreife, überfuhr eine rote Ampel, warf eine Frau mit ihrem Kinderwagen um..."

„Und dann, was geschah dann?", fragte ich.

„Keine Ahnung", sagte mein Onkel. „Ich war ja von Sinnen. Du wirst sicher von dem Mann gehört haben, der in Stockholm aufgegriffen wurde und nicht wusste, wer und wozu er war, und woher und wohin er wollte."

„Das warst du?", staunte ich.

Er nickte. „Du darfst nicht annehmen, dass man seinen Sinnen entkommen kann", sagte er. „Sie waren ausgeschwärmt und umkreisten den Globus samt seiner Umgebung wie Drohnen einer fremden Intelligenz. Mir gelang allerdings ein genialer Schachzug." Seine Augen begannen auf geheimnisvolle Weise zu glänzen. „Ich schlüpfte in diese Geschichte, die ich dir gerade erzähle. Darin finden mich meine Sinne nie und nimmer, denn jede Geschichte ist eine Flucht vor sich selbst."

Ich staunte.

„Eines musst du mir versprechen! Verrate mich nicht und erzähle die Geschichte nicht weiter, sonst bin ich verloren!"

„Großes Ehrenwort", sagte ich.

Mein Onkel und die Wirklichkeit

Die Wirklichkeit kann so wirklich sein, dass sie gar nicht mehr wahr ist. Umgekehrt kann die Wahrheit so wahr sein, dass sie gar nicht mehr wirklich ist. So sagte einmal ein berühmter Denker*. Er kann auch etwas anderes gesagt haben, jedenfalls stand eines Tage wirklich und wahrhaftig mein Onkel Fridolin vor der Tür. Es war an einem kühlen, leuchtenden Frühlingsmorgen. Dazu muss man wissen, dass mein Onkel jedes Jahr an einem kühlen, leuchtenden Frühlingsmorgen vor unserer Tür steht, in verschiedener Gestalt. Einmal war er ein Zahnputzbecher, ein anderes Mal ein Glas Kirschmarmelade (was ihm schlecht bekam, weil wir ihn aus Versehen auf das Toastbrot schmierten). Heuer war er eine Grasmücke, allerdings in Form eines Kartoffelackers, in der vierten Dimension. Jeder halbwegs gebildete Mensch weiß, dass die vierte Dimension von der dritten Dimension umschlossen wird. In einer dreidimensionalen Grasmücke befindet sich demnach eine vierdimensionale Grasmücke, die durchaus die Form eines Kartoffelackers haben kann.

Mein Onkel, der noch nicht gefrühstückt hatte, verzehrte gierig einige Hirsekörner, die Überreste unseres winterlichen Vogelfuttervorrats. „Ich muss gleich weiter", sagte er, „Unterrichtsmitschau beim Pharao von Abu Simbel. Willst du mit?"

Natürlich wollte ich.

In der vierten Dimension ist die Überbrückung von Zeit und Raum ein Kinderspiel. Der Pharao saß auf einem goldenen Thron, umgeben von einigen Fellachen, jeder mit einem beachtlichen Migrationshintergrund. Als wir den Raum betraten, erhoben sie sich, kreuzten die Hände vor der Brust und verbeugten sich höflich.

„Lassen Sie sich nicht stören, wir wollen nur hospitieren", sagte mein Onkel und lächelte so freundlich wie die Hexe, bevor sie Hänsel und Gretel verspeiste*.

Wir setzten uns auf eine hölzerne Bank im Hintergrund des Raumes. Der Pharao klopfte mit der Nilpferdpeitsche auf das Katheder und fuhr in seinem Unterricht fort.

In diesem Augenblick fiel mir Daniel ein, ich lernte ihn auf einem Schreibseminar kennen. Daniel war Sprachakrobat. Einmal war er winzig klein wie ein Zwergenfloh, kaum sichtbar, mit langen, dünnen Spinnenbeinen. So turnte er zwischen den Wörtern herum und versuchte, sie mit seinen Gedankenfäden einzuspinnen. Ein anderes Mal war er riesengroß wie der babylonische Turm und verbog die Wörter mit athletischer Sprachkraft. „Die Wirklichkeit ist das, was wir aus ihr machen", sagte er. „Oder was wir nicht aus ihr machen, je nachdem. Das hier zum Beispiel ist kein Stein, wir sagen nur so zu ihm", sagte er und legte einen Stein auf den Tisch (er trug immer einen zu Demonstrationszwecken in seiner Jackentasche).

„Und was ist er dann, wenn er kein Stein ist?",

fragte ich.

„Er ist ein gedankliches Konstrukt. Alle Dinge sind Gedankenkonstrukte", behauptete er.

„Und was ist ein gedankliches Konstrukt?", bohrte ich weiter.

„Die Gedanken selbst sind nur gedankliche Konstrukte", meinte er. „Nichts anderes als Wortgehäuse, in denen wir herumturnen."

Das war mir zu hoch und ich beschloss, an etwas anderes zu denken. Aber ich kam nicht mehr dazu. Der Pharao war aufgesprungen, rannte durch die Sitzreihen und schlug mit seiner Nilpferdpeitsche auf die blanken Rücken der Fellachen. Altägyptische Sonnenblitze schlugen wie Feuerfunken aus seinen Augen.

„Was ist Wirklichkeit minus Wirklichkeit?", schrie er. „Was ist Wahrheit plus Wahrheit?", brüllte er. „Was ist Wirklichkeit minus Wahrheit, Wahrheit minus Wirklichkeit?"

In diesem Augenblick fiel mir Daniel ein. Daniel war ein Wortakrobat. Aber er war mir vorher schon eingefallen, und deshalb fiel er mir gleich wieder aus. Wir mussten uns rasch zu Boden werfen, mein Onkel und ich, weil die Enden der Nilpferdpeitsche gefährlich über unsere Köpfe sausten.

Die Antworten der Fellachen waren auch zu seltsam! Wahrheit minus Wahrheit sei Puderzucker, behaupteten sie. Wirklichkeit minus Wirklichkeit sei die Hauptstadt von Katschaturian. Wirklichkeit minus Wahrheit sei der Fahrplan der deutschen Bahn. Ich hielt das für puren

Unsinn. Mein Onkel klärte mich jedoch auf, dass alles, vom Standpunkt der vierten Dimension aus gesehen, seine Richtigkeit habe. Es handelte sich übrigens nicht, wie ich vermutete, um eine Mathematik-, sondern um eine Geschichtsstunde.

Der Pharao schien das gehört zu haben. „In der Weltgeschichte ist die Wahrheit nicht wahr im Sinne der Wirklichkeit", nickte er uns zu, „und die Wirklichkeit nicht wirklich im Sinne der Wahrheit!" Das mochte verstehen, wer wollte.

In diesem Augenblick sprang die Türe auf und einige schwerbewaffnete, vermummte Gestalten stürzten in den Raum. „Hinlegen!", brüllten sie. „Her mit der Wirklichkeit!"

Ich stellte fest, dass wir diesem Befehl nicht gehorchen konnten, weil wir bereits auf dem Boden lagen, mein Onkel und ich.

Ich sah aber doch, wie die Eindringlinge den Fellachen die Bäuche aufschlitzten, ihnen ihre Wirklichkeit herausrissen, so wie man Weihnachtsgänse ausnimmt, und eilig in blaue Plastiksäcke stopften. Das dauerte nur wenige Augenblicke. Schon waren sie wieder auf der Rampe des Lastwagens, der draußen mit laufendem Motor wartete. Die schweren Reifen knirschten, der Sand brüllte auf, die Maschine machte einen Satz und stob wie ein Wüstensturm davon. „Wir sind die Wahrheit! Wir sind die Wirklichkeit!", hörte ich die Unholde grölen, dann verschwanden Wagen und Gebrüll im gelbgrauen Dunst.

Als ich mich umwandte, war alles verwandelt. Die Fellachen waren nicht mehr zu sehen, auch der Pharao war verschwunden. Das war weiter nicht verwunderlich, handelte es sich beim ihm doch nur um ein semantisches Konstrukt. Eigentlich war er nie da gewesen.

Vor mir breitete sich ein weiter Kartoffelacker aus. Langsam, mit schweren Schritten, stapfte ich die Furchen entlang. Als ich zuhause ankam, blühten bereits die Krokusse, Maiglöckchen und Himmelschlüssel reckten ihre Blütensterne in die kühle, leuchtende Frühlingsluft, die Anemonen lehnten sich lächelnd aus dem Fenster. Zwischen den Blüten des Birnbaums saß eine Grasmücke und tirilierte lustig vor sich hin.

---

* „Der Glaube, es gebe nur eine Wirklichkeit, ist die gefährlichste Selbsttäuschung." (Paul Watzlawick)

* Sie kann auch etwas anderes verspeist haben. Jedenfalls habe ich den Verdacht, dass uns die Gebrüder Grimm in diesem Zusammenhang etwas verschweigen.

Der Wettlauf der Uhren

Nachher wusste niemand mehr, wer angefangen hatte.

War es die neue, chromglänzende Wanduhr in der Werkstatt des Uhrmachers Schraubenhuber? War es die Küchenuhr von Frau Wunderlich in der Ringelnatzgasse 18? War es die winzige Armbanduhr, die die Schülerin Brigitte Niedlich zu ihrem achten Geburtstag geschenkt bekommen hatte? Oder die alte Standuhr in der Apotheke des Herr Kalischewski, oder Herrn Maiers Reisewecker, oder gar die mächtige Kirchturmuhr, die von Maria Himmelfahrt über die ganze Stadt blickte?

Manchmal schielte sie auch schräg nach unten auf den Hellmairplatz. Da sah sie die bunten Buden der Gemüsehändler, die vielen eilfertigen Hausfrauen, die Kohlköpfe, Kartoffeln und Kürbisse kauften, und alles sah von oben so winzig aus wie in einem Spielzeugladen.

„Wenn ich spucken könnte, würde ich den Leuten auf die Köpfe spucken!", sagte die Kirchturmuhr und gluckste bei diesem Gedanken vor Vergnügen. Sie war für ihr ehrwürdiges Alter von einhundertneunundzwanzig Jahren noch recht kindisch.

Wer hatte nun eigentlich angefangen? Wer trug die Schuld an den folgenden Ereignissen? Oder war der Gedanke ganz plötzlich und allgemein und irgendwie aufgetaucht? Einfach so, wie ein paar versprengte Regentropfen, die ihre Wolke verpasst haben, herunterfallen und sich unversehens auf ein Kastanienblatt oder eine Fensterscheibe oder deine Nasenspitze setzen?

Am Anfang war es nur ganz leise zu hören: „Tick-tick-tick-tick! Tick-tick-tick-tick!" Das hieß in der Uhrensprache: „Wir machen einen Wettlauf!" „Tick-tick-tick-tick!"

Irgendwer hatte den Einfall zuerst gehabt. Und der Irgendwer sagte es der Wanduhr. Und die Wanduhr der Küchenuhr. Und die Küchenuhr der Armbanduhr, und die Armbanduhr der Standuhr, und die Standuhr der Taschenuhr, und die Taschenuhr dem Reisewecker, und der Reisewecker der Bahnhofsuhr, und die Bahnhofsuhr der Kirchturmuhr, und die Kirchturmuhr der ganzen Stadt.

„Tock-tock-tock-tock?", fragte man zurück. Und das hieß: „Wann geht der Wettlauf los?"

„Wenn mein großer Zeiger auf zwölf steht!", knarzte die Kirchturmuhr. Alle waren einverstanden. Denn das Zifferblatt der Kirchturmuhr besaß einen Durchmesser von drei Metern, und selbst die alte, kurzsichtige Standuhr in der Apotheke, die immer etwas nachging, konnte die Zeit darauf ablesen.

War das eine Aufregung! Man stellte Schrauben nach, zog Uhrfedern auf, ölte Zahnräder, putzte Gläser und polierte Zifferblätter. Und die elektrischen Uhren ließen sich neue Batterien einbauen. Zehn Minuten vor Zwölf waren alle Zeitmesser mit ihren Vorbereitungen fertig und zum Wettlauf gerüstet. Die Küchenuhr der Frau Wunderlich hatte vor Aufregung bereits ein rosarot angelaufenes Zifferblatt, und der Reisewecker des Herr Maier musste zurückgepfiffen werden. Er war zu früh losgeschnurrt und hatte einen Fehlstart verursacht.

„Ich halte es nicht mehr aus!", stöhnte die Wanduhr in der Werkstatt des Herrn Schraubenhuber, und die Öltropfen perlten ihr von der Stirn. „Meine Feder tickt mir bis zum Hals! Wenn das so weitergeht, falle ich vor Aufregung von der Wand!"

Dann begann die große Kirchturmuhr zwölfmal zu schlagen: „Döng, dong, döng, dong...!"

Laut und klar hallte ihr Ruf über die Stadt. Und als der letzte Ton verklungen war, ging der Wettlauf los. Die angespannten Spiralen der Uhrfedern lösten sich, die Zeiger begannen ihre Kreise zu drehen, das Ticken und Tucken und Tecken und Tacken wurde immer schneller.

„Tock, tock, tock, tock, tock!", prustete die große Kirchturmuhr und blickte hochmütig auf die Häuser und Straßen hinunter, wo die anderen Uhren liefen. „Ich werde alle schlagen! Schließlich ist mein Minutenzeiger fast eineinhalb Meter lang. Und es ist sonnenklar, dass der, der die längsten Beine hat, auch die größten Schritte machen kann. Tock, tock, tock..."

„Teck, teck, teck", meckerte die neue Wanduhr in Herrn Schraubenhubers Werkstatt. „Ich werde den Wettlauf gewinnen! Denn schließlich bin ich die Jüngste von allen. Und ich kann deshalb auch am längsten laufen. Teck, teck, teck!" Um dem Gesagten Nachdruck zu verleihen, legte sie einen so rasanten Zwischenspurt ein, dass das Öl von den rotierenden Zeigern spritzte.

Die Standuhr in der benachbarten Apotheke hatte die Worte der Wanduhr gehört. „Tuck, tuck", sagte sie, und es quietschte ein wenig, als sie Atem holte. „Ich bin die Älteste von allen. Ich habe die größte Erfahrung. Und deshalb, tuck, werde ich gewinnen."

Nur die Armbanduhr der Schülerin Brigitte Niedlich war nicht so zuversichtlich. „Die anderen Uhren haben recht", tickte sie mutlos vor sich hin. „Ich bin die Kleinste von allen und habe die kürzesten Zeiger und die geringste Erfahrung und bin auch nicht besonders gut geölt. Es ist das Beste, wenn ich gar nicht mitmache." Aber dann nahm sie doch einen kleinen Anlauf und rannte hinter den anderen Uhren drein.

Als das große Rennen begann, glaubten die Leute zuerst, sie hätten sich geirrt.

„Täusche ich mich, oder ist es schon zwölf Uhr?", fragten sie. Sie wunderten sich, sie staunten, dann wiegten sie die Häupter, und schließlich hatten sie nicht einmal mehr zum Köpfeschütteln Zeit. Denn kaum hatten sie zu Mittag gegessen, mussten sie zur Arbeit, dann war Feierabend, man speiste, und schon war es Zeit zum Zubettgehen. Selbst das Fernsehen machte keinen Spaß mehr.

Die Bilder flitzten vorbei, als hätten sie Angst voreinander. Man hatte sich gerade gemütlich im Sessel zurechtgesetzt, da sagte schon der Sprecher „Daiprokikandet!" Das hieß in Wirklichkeit: „Damit ist unser heutiges Kinderprogramm beendet!" Aber er sprach so schnell, dass ihn keiner verstehen konnte.

Eine so kurze Nacht hatte noch niemand gehabt. Einmal im Bett umgedreht, schon ratterte der Wecker los. „Sieben Uhr! Aufstehen!", riefen die Mütter. Kinder rasten zur Schule. Väter hasteten in die Arbeit. Aber sie konnten sich beeilen, so sehr sie wollten, sie kamen zu spät. Denn die Zeit lief ihnen glattweg davon. Brigitte Niedlich zum Beispiel traf erst in der Schule ein, als es bereits zur Pause läutete. Zuerst hatte sie furchtbare Angst. Aber dann hörte sie hinter sich eine atemlose Stimme: „Habe ich verschlafen? Mit meiner Uhr muss etwas nicht in Ordnung sein!" Brigitte schaute sich um und erblickte Frau Rautendelein. Da musste das Mädchen lachen, weil sogar die Lehrerin zu spät gekommen war.

„Schlagt das Lesebuch auf, Seite sieben!", hieß es. Und bis die langweilige Dorothea Rosenschon die Seite gefunden hatte, läutete es schon wieder, und die Schule war aus.

In der Stadt ging es drunter und drüber. Die Eingangstüren der Geschäfte wurden aufgesperrt und zugesperrt und wieder aufgesperrt. Die Menschen rannten in größter Eile durch die Straßen, und die Autos rasten um die Kurven, dass die Reifen quietschten. Am schlimmsten erging es den Straßenbahnen, Omnibussen und Eisenbahnzügen. Sie konnten sich beeilen, so viel sie wollten - die Fahrpläne waren einfach nicht einzuhalten. Der Fahrdienstleiter der Städtischen Omnibusbetriebe stapfte in seinem Büro hin und her und raufte sich die Haare: „Verspätungen! Verspätungen! Verspätungen!", rief er. „Es ist zum Ausderhautfahren! Es ist zum Diewändehochklettern! Es ist zum Indieluftgehen! Es ist zum...." Er konnte seinen Satz nicht beenden, denn gerade läutete es Feierabend, und da musste er sich beeilen, wenn er noch rechtzeitig zur Frühschicht kommen wollte.

Wie aber erging es den Anstiftern dieses Durcheinanders, den Uhren? Hielten sie durch? Führten sie den Wettlauf zu Ende? Was würde noch alles geschehen?

Als erstes gab der Reisewecker des Herrn Maier seinen Geist auf. Nicht aus eigener Schuld, das muss zu seiner Ehre gesagt werden. Herr Maier warf ihn einfach an die Wand. „Das Ding ist verrückt geworden!", murmelte der Besitzer der Uhr schläfrig, als der Wecker – es war noch vollständig dunkel – bereits zehn Uhr vormittags zeigte. Und dann drehte sich Herr Maier auf die Seite und begann so laut zu schnarchen, dass die Bilder an den Wänden wackelten. Nicht lange danach setzte auch die alte Standuhr in der Apotheke des Herrn Kalischewski aus. Ihre Zahnräder begannen jämmerlicher und jämmerlicher zu quietschen. Ihr Ticken wurde zusehends unregelmäßiger und stockender. Dann knarzte es einmal laut –und die Uhr blieb stehen.

Auch die Kirchturmuhr konnte nicht mehr länger mithalten. Immer schwerer fiel es ihr, die gewichtigen Zeiger zu drehen. Immer langsamer wurde ihr Lauf.

„Wenn man einhundertneunundzwanzig Jahre auf dem Buckel hat", stöhnte die alte Uhr, „ist man eine bejahrte Dame. Sozusagen eine Uhr-Oma. Und da soll man etwas kürzer treten." Sie hielt im Lauf innen und verschnaufte ein wenig.

Den anderen Zeitmessern ging es nicht besser. Ihre Zahnräder wurden heiß und begannen zu qualmen, Zacken brachen, Zeiger fielen ab, Federn zersprangen und Batterien fielen aus. Nach zwei Tagen war in der ganzen Stadt kein Ticken mehr zu hören. Keine Unruhe bewegte, kein Zahnrad drehte sich mehr.

Oder doch?

Ja, natürlich! Wenn man genau hinhorchte, hörte man ein leises, feines Teckteck. Das war die Armbanduhr, die die Schülerin Brigitte Niedlich zum achten Geburtstag geschenkt bekommen hatte.

„Die Armbanduhr läuft noch! Sie hat den Wettlauf gewonnen! Hurra!", riefen alle.

Man versammelte sich in Brigittes Wohnung, man gratulierte, man überreichte Blumen, und der Bürgermeister hielt eine feierliche Ansprache. Auch ein Zeitungsreporter war eingetroffen.

Er interviewte die Besitzerin der Uhr.

„Wie kommt es, dass gerade deine Uhr den Wettlauf gewonnen hat?", fragte er neugierig. Brigitte dachte eine Weile nach.

„Vielleicht deshalb", meinte sie schließlich, „weil sie die kürzesten Zeiger hat."

„Wieso? Das verstehe ich nicht", sagte der Reporter und machte große Augen.

„Aber das ist doch ganze einfach!", erklärte Brigitte. „Wer die kleinsten Zeiger hat, hat auch den kürzesten Weg zurückzulegen. Das haben wir im Geometrieunterricht gelernt."

„Aha!", sagte der Reporter. Und er fand, dass Brigitte für ihr Alter schon recht klug war.

Am zufriedensten mit dem Ausgang des Wettrennens aber war – von der Armbanduhr und ihrer Besitzerin einmal abgesehen – der Uhrmacher Schraubenhuber.

„Wenn ich fleißig bin und gelegentlich Überstunden mache", sagte er nach einigem Rechnen, „kann ich in einundneunzig Jahren mit der Reparatur aller schadhaften Uhren fertig sein!" Dann krempelte er die Ärmel herauf, spuckte in die Hände und machte sich an die Arbeit.

Mein Vogel

Jeder Mensch hat ein Herz, eine Lunge, einen Blinddarm und einen Vogel. Für gewöhnlich ist der Vogel eingesperrt im Körper wie in einem Käfig. Nur manchmal kommt er heraus, meist an violetten Abendstunden, wenn der kühle Neumond ins Meer des Vergessens sinkt. Da sieht man, dass der Vogel von graublauer Farbe ist, an den Flügelenden etwas ausgefranst und ins Rötliche schimmernd. Ansonsten besitzt er wenig greifbare Konsistenz, vielleicht noch am Schwanzansatz oder unter dem Schnabel. Wenn es lange Zeit nicht regnet, trocknet er aus und wird ganz seicht. Dann kann man von einem Ufer zum anderen durch ihn hindurchwaten. Und die Karpfen im Bett stecken ihre Nasen ins Kopfkissen und schnappen verzweifelt nach Luft. Es könnte aber auch sein, dass ich meinen Vogel mit einem Fluss, zum Beispiel der Singold, verwechsle. Daran ist natürlich der Kobold schuld, der im Inneren des Vogels, etwas unterhalb des Schnabels, haust. Jeder Vogel hat einen Schnabel, ein Herz, eine Lunge und einen Kobold. Er ist graublau gestreift und am Ansatz der Haare, die ihm wie ein wirrer Federbusch vom Kopf stehen, etwas grünlich. Man sieht ihn allerdings höchst selten, am ehesten noch in vollen Neumondnächten, wenn der Zenith des Horizonts in den Hadramaut* fällt – aber wann tut er das schon!

Mein Vogel wäre übrigens kein rechter Vogel,

wenn er nicht ab und zu aus meinem Käfig kommen und mit mir hinausfliegen würde über die Unendlichkeit des himmelstrahlenden Meeres. Dann wiegen wir uns auf den Wellen des Lichts, auf den Farben des Regenbogens, berauschen uns am Duft der Horizonte und essen von den köstlichen Früchten der Wandelbäume. Die Wandelbäume heißen so, weil sie sich verwandeln können. Manchmal sind sie Leuchttürme, dann wieder Steine, ein andermal Kühlschrankgefrierfächer oder Vorhangschienen. Sie können sich auch in mich verwandeln. Dann wandle ich durch die Nacht, wenn der Zenith des Horizonts in den Hadramaut fällt, und mein Vogel piepst im Geäst und baut ein Nest in meiner Krone und legt ein goldenes Ei hinein. Das muss ich ausbrüten. Ich sitze auf dem Nest, mit meiner Krone auf dem Kopf, und langweile mich. Nach einigen Tagen, wenn der Kuckuck schreit, schlüpft ein heißer, goldener Wüstenwind aus dem Ei, auf dessen Flügeln wir heimkehren, mein Vogel, sein Kobold und ich. Und wenn der Neumond untergegangen und die Singold über die Ufer getreten ist und die Felder überschwemmt hat, und wenn die Karpfen lebendiges Wasser unter dem Kiel spüren, da sperre ich meinen Vogel wieder in meinen Käfig. Von nun an wohnt er frohgemütlich in mir und piepst und flattert mit den Zenith des Horizonts und freut sich seines Lebens.

* Auch: Hydromaut. Eine den Autofahrern in Österreich abverlangte Straßengebühr.

Meine Gedanken

Wenn ich die Lider öffne, springen meine Gedanken aus meinen Augen und aus meinem Kopf heraus wie die Schüler aus der Schulhaustüre, wenn die Ferien beginnen. Sie springen auf die Straße und in die Stadt und auf das Land und in alle Welt. Dort wurzeln sie sich ein und wachsen zu Gedankenwäldern heran. Und weil jeder Gedanke mit jedem anderen Gedanken verwurzelt und verwachsen und verwandt und verschwägert ist, ist die ganze Welt überzogen von einem unüberschaubaren Netz von Gedanken. Es ist ein gewaltiges Gehirn, das die Erde umspannt. Und es sind doch nur meine Gedanken.

Nein, so ist es nicht.
Ich besitze nur einen einzigen, kleinen Gedanken. Ich habe ihn in einen Blumentopf gepflanzt, nun steht er am Fenster hinter der Gardine und denkt so vor sich hin. Ich muss ihn pflegen, damit er nicht verkümmert. Ich gieße und dünge ihn regelmäßig, suche seine Blätter ab, damit sie nicht von Raupen zerfressen werden und führe ihn regelmäßig an die frische Luft. Manchmal, an stillen Abenden, sitze ich bei ihm, betrachte ihn, freue mich an seinem positiv-heiteren Grün und denke, vielleicht wird er einmal blühen oder gar Früchte tragen; wer weiß, was noch einmal aus ihm wird!

Nein, so ist es nicht.

Meine Gedanken sind eine ungebärdige Horde. Ich weiß nicht, wo sie hergekommen sind. Sie waren auf einmal da und haben sich in meiner Wohnung breitgemacht. Da sitzen sie um meinen Tisch herum und rülpsen und knurren, und wenn ich in meinem Kopf durch meine Gehirnwindungen und Synapsen spaziere, strecken sie mir die Füße entgegen, dass ich strauchle und hinfalle. Und wenn ich den Fernseher einschalte, hüpfen sie vor dem Bildschirm herum und führen kaukasische Tempeltänze auf. Und wenn ich etwas denken will, sagen sie: Wozu denkst du? Du hast ja uns! Aber ich will sie gar nicht denken, diese frechen, ungehörigen, ungebildeten Gedanken. Was soll ich tun? Soll ich sie zur Türe hinauswerfen? Aber sie lassen sich nicht vertreiben. Soll ich sie auf dem Flohmarkt verkaufen? Aber es will sie niemand haben. Soll ich sie auf den Mond schießen? Er schüttelt angewidert den Kopf, und sie fallen aus allen Sternen wieder herab auf die Erde. Weltraumschrott, sagen die Menschen, aber es sind doch nur meine Gedanken.

Nein, so ist es nicht.

„Kommt einmal her, sage ich, ihr lauten und leisen, ihr schönen und hässlichen, ihr lustigen und traurigen Gedanken!" Ich nehme sie und verknüpfe sie zu einem bunten Geschichtenteppich. Auf den ich mich setze und in alle Welt hinausfliege. Und wenn ihr wollt, könnt ihr mitkommen, am 30. Mai, um dreizehn Uhr drei. Auf dem Bahnhof in Kaufering, Bahnsteig nudeldidei.

Old Knatterton, der Geräuschefänger

Wenn sie nicht unsichtbar wären, könnte man sie sehen. Eine Art nebuloser Nichtigkeiten. Eine Art Seifenblasen, mit Hörbarem gefüllt.

Das Erschreckende daran ist, dass sich die Geräusche gerade in den letzten Jahren ständig und unkontrolliert vermehrt haben. Äußerten sie sich zur Zeit unserer Vorväter nur in einem leisen Knacken im Wald, einem schüchternen Husten, einem gelegentlichen Sensendengeln, so haben sie sich als Kulturfolger inzwischen in allen Nischen und Winkeln unserer Zivilisation eingenistet. Auf Marktplätzen hausen sie und auf Einfallstraßen, in Schulhöfen und auf Bahnhöfen, in Konzertsälen und in Supermärkten.

Erst neulich, während eines Vortrags im Städtischen Kulturhaus zum Thema „Kann uns die Lyrik in heutiger Zeit noch etwas sagen – und wenn ja, warum nicht?" ertönte plötzlich Beethovens Elise. Stellen Sie sich vor! Beethovens Elise im Kulturhaus! Alle Welt sprang entsetzt auf, um nach ihrem Handy zu suchen, aber es dauerte eine Weile, bis ein korrekt gekleideter Herr die Elise, rot werdend, in seiner Hosentasche entdeckte.

Gelegentlich, auf besonders frequentierten Plätzen, kann es zu geradezu explosionsartigen Geräuschausbrüchen kommen. Links Feuerwehrsirenen, rechts Kirchenglocken, vorne Wildschweingrunzen, hinten Vulkanausbrüche, oben Blasmusik, unten Kinderlachen. Die Menschen verfallen dann in groteske Tänze, kramen in Manteltaschen und Aktenmappen, in Rucksäcken und Einkaufstüten und werfen gelegentlich sogar die Kleider von sich, bis sie ihre Handys als Verursacher besagter Geräusche entdeckt haben.

Die Freunde stiller, meditativer Stunden, die Anhänger metaphysischer Kontemplation, die verantwortungsvollen Bewahrer einer besseren Welt fragen sich:

Wie ist dieser unerfreulichen Entwicklung Einhalt zu gebieten?

Am Ammersee, in der Nähe von Utting, treffen wir ihn: Old Knatterton, den staatlich geprüften Geräuschefänger.

„Herr Knatterton, wie fangen Sie die Geräusche?"

„Hä?"

„Was machen Sie, um der Geräusche habhaft zu werden?"

„Ich stelle meine Fallen. Klappe auf, Geräusch rein, Klappe zu. So geht das."

„Aha. Und die Geräusche, gehen sie bereitwillig in die Klappe, äh Falle?"

„Hä?"

„Und die Geräusche, lassen sie sich so einfach fangen?"

„Natürlich nicht. Dazu brauch ich ein abgerichtetes Lockgeräusch. Das setz ich vorne rein. Dann kommen die Wildgeräusche von selber. Krach wird nämlich von Krach angezogen, hat schon der Richard Wagner gesagt."

„Wer?"

„Der Wagner Richard, der Wirt vom Seefelder Hof."

„Und was machen Sie mit den gefangenen Geräuschen?"

„Hä?"

„Was machen Sie mit den...wie entsorgen sie die...Dings...?"

„Mein Vater konnte sie noch mit der Hand fangen. Hand auf, Geräusch rein, Hand zu. Das kann ich nicht. Sind ja auch nicht mehr so zutraulich wie früher."

„Setzen Sie die Geräusche irgendwo aus?"

„Hä?"

„Wo tun Sie die Geräusche hin? Urwald? Serengeti? Bulgarien?"

„Manche vermixt meine Frau. Deckel auf, Krach rein, Deckel zu, Mixer an. Aber man will doch nicht immer Geräusch essen. Ich frage Sie: Wollen Sie jeden Tag ′n Geräusch essen?"

„Wahrscheinlich nicht. Vielleicht könnte man sie im Meer verklappen?"

„Hä?"

„Die Geräusche. Irgendwo in einer idyllischen katalanischen Bucht."

„Mein Vater hat sie gerne gegessen. Sind eine Delikatesse. Aber nicht jeden Tag. Ich frage Sie: Wollen Sie jeden Tag ′n Geräusch essen?"

„Die Salzlagerstätte von Asse ist ja nun leider anderweitig belegt. Und wenn man sie in den Weltraum hinaus schießt?"

„Hä?"

„Die Geräusche. In den Weltraum. Zur

Verstärkung des Hintergrundrauschens."

„Meine Großmutter hat Schnitzel draus gemacht. Und Gröstl. Tiroler Krachgröstel. Aber
nicht jeden Tag. Ich frage Sie: Wollen Sie jeden
Tag ′n Geräusch essen?"

„Wahrscheinlich nicht. Sollen ja auch nicht so
bekömmlich sein, die Geräusche."

„Ich frage Sie, wollen Sie jeden Tag ′n Geräusch
essen?"

„Wahrscheinlich nicht. Sollen ja auch nicht so
bekömmlich sein, die Geräusche."

„Ich frage Sie: Wollen Sie jeden Tag ′n Geräusch essen?"

„Wahrscheinlich nicht. Sollen ja auch nicht so
bekömmlich sein, die Geräusche."

„Ich frage Sie: Wollen Sie jeden Tag ′n Geräusch essen?"

„Herr Knatterton, wir danken Ihnen für dieses
Gespräch!"

Reise in das Land Brimborium
(Der Titel bezieht sich auf das Büchlein von
Joachim Giebelhausen: Neues aus Brimborium,
Verlag Ch. Möllmann, Borchen 2007.)

Das Land Brimborium ist nicht lang und nicht
breit, aber hoch. Seine Grundfläche ist nicht größer als Joachims Taschentuch. Dafür reicht es 30
kaschubische Werst nach oben.

*Eine kaschubische Werst entspricht 1500 Ar-
schin, das ist die Entfernung, die eine Wildtaube
zurücklegt, während Joschi der Weichensteller
drei Vaterunser und ein Gegrüßetseistdumaria
betet. Wobei angefügt werden muss, dass Joschi
des Gegrüßetseistdumarias nur unvollkommen
mächtig ist und deshalb mehrmals von vorne beginnen muss.*

Wir mussten ziemlich lange klettern, Joachim
und ich, bis wir die Gefilde Brimboriums erreichten hat, wurden aber gleich von der staats-
eigenen Brimborialkapelle auf das freundlichste
empfangen. Die Trompetenblumen bliesen, die
Glockenblumen läuteten, die Gänseblümchen
schnatterten, die Schafgarbe mähte, der Hah-
nenfuß krähte, die Löwenzähne brüllten; es war
ein außerordentlich eindrucksvolles Konzert. Sie
spielten die Sinfonische Suite von Nicolai Whis-
ky-Korsakoff, ein dem Anlass angemessenes, ro-
mantisches Stück. Besonders die Stelle am Ende

des dritten Satzes („pochissimo piú animato"), als
sich die Bläser von Cis zur schönen Y-Dur hinü-
berwanden, rührte uns zu Tränen.

*Die Y-Dur ist eine heute leider nur mehr sel-
ten verwendete Vierteltonart, deren Kadenzen
häufig enharmonisch mit Neukaledonien verwechselt werden. Sie zeichnet sich aus durch ihre
subtile chromatische Notation und eine feuchte
Aussprache.*

Natürlich ließ es sich der Herrscher Brimboriums, König Nonsens der Große, nicht nehmen,
uns in seinen Palast einzuladen. Nach dem prächtigen Gastmahl, dessen Schilderung ich mir ver-
sagen muss, da sie den Rahmen dieses Berichtes
sprengen würde, spazierten wir durch die berühmte königliche Menagerie, in deren Volieren
sich Pusteläffchen tummelten, Zwergtrottel her-
umkletterten und die Schmalzraben uns zu Ehren
ihre asphodelischen Hymnen anstimmten. Sogar
eines der seltenen Moralodile, ausbruchssicher
hinter kräftigen, metallenen Gitterstäben eingesperrt, spie uns brüllend seinen giftigen Feuera-
tem entgegen.

Kurz, die Zeit verging wie im Flug.

*Die Zeit verging wie im Flug: Ein metaphori-
scher Ausdruck. Schon Aristoteles schrieb, dass
die Zeit mit Flügeln begabt sei. Es muss allerdings
erwähnt werden, dass die brimborianische Zeit
anders verläuft als unsere. Während bei uns die*

Zeit in linearer Linie ähnlich einem Fluss, aus der Zukunft kommend, durch die Gegenwart in die Vergangenheit hineinströmt, sind im Land Brimborium Zukunft und Vergangenheit zu Schleifen gebogen und in der Gegenwart zu einem Knoten verknüpft. Dies ist ein metaphysischer Vorgang und kann nicht näher erklärt werden, da er sich im vierdimensionalen Raum abspielt.

Aber es kann der Bravste nicht im Frieden leben, wenn es dem bösen Nachbarn nicht gefällt. Da hauste auf einem Nachbararchipel der von des Gestankes Blässe angekränkelte Bimbo Schwerdenk, der just in dem Augenblick seinen triefäugigen Inspektionsblick über die Insel schweifen ließ, als wir, gemütlich Wasserpfeife rauchend, dem Tanz der leichtgeschürzten Protonen zusahen.

Protonen sind langlebige positiv geladene Teilchen, von denen jedes wiederum aus zwei Up-Quarks und einem Joghurt besteht. Diese drei Valenzquarks werden von einem „See" aus Anti-Quarks und Buttermilch umgeben. Die Masse der Protonen stammt zum größten Teil von der Bewegungs -und Bindungsenergie zwischen Quarks und Gluonen, wobei letztere als Kraft-Austauschteilchen die starke Kraft zwischen den Quarks vermitteln. Zusammen mit den Neutronen sind die Protonen für 99 % der Masse des sichtbaren Universums verantwortlich.

„Unglaublich!", schrie Schwerdenk, rot vor Wut. „Diese Schweinerei! Diese Häresie! Dieser korrumptive Abgrund an Landesverrat!" Damit meinte er offenbar uns. Während wir uns ängstlich unter dem Teppich verbargen, schlug er so heftig mit der Faust auf den Tisch, dass Brimborium (wir wissen ja: nur auf einem schmalen, langen Stiel ruhend) auf das heftigste ins Schwanken geriet. Die Folgen waren verheerend. Die Säulen des Palastes zerbrachen wie Streichhölzer, die Käfige stürzten ein, die Tiere ergossen sich über Tischdecken und Sofakissen, Protonen und Elektronen flohen quietschend in den Weltraum hinaus, die Wasserpfeifen gingen aus, die Mokkatassen fielen um, der Speiseplan geriet völlig aus den Fugen. Was mit König Nonsens passierte, weiß ich nicht mehr. Ich sah nur noch, wie er kopfschüttelnd, aber das sah ich auch schon nicht mehr.

Wir, Joachim und ich, wurden aus dem Land Brimborium hinausgeschleudert und stürzten und stürzten und stürzten...

Zum Glück hatte Joschi der Weichensteller seine Weichen richtig gestellt, so dass wir uns bei der Landung nicht weh taten. „Haptschieh!", sagte Joachim, rappelte sich hoch und schnäuzte sich ausgiebig. Dann steckte er sein Taschentuch, nachdem er es sorgfältig zusammengelegt hatte, in die Hosentasche und wir machten uns auf den Heimweg.

Waren einmal Fünfe beisammen

Waren einmal fünf beisammen, die waren etwas ganz Besonderes. Der erste von ihnen konnte die Musik sehen. „Oh, dieser Akkord - welch herrliches Blau!", rief er aus. „Oh, dieses hohe A –golden strahlend wie die Sonne am Morgenhimmel!", rief er aus, und seine Augen glänzten.

War der Zweite, der konnte die Farben hören. „Dieses Gelb, wie klingt es so herrlich!", rief er. „Und dieses Lila, welch himmlischer Klang!", rief er, und seine Augen glänzten. Und wenn er gar über eine bunte Blumenwiese ging, hörte er eine ganze farbenprächtige Sinfonie.

War der Dritte, der konnte sie riechen, die Farben und die Töne. „Wie wunderbar duftet diese farbenprächtige Komposition!", rief er aus. „Dieses tiefe Blau, dieses strahlende Rot, welch ein herrlicher Geruch!", rief er aus, und seine Augen glänzten.

„Und wonach riecht es?", fragten die anderen. „Wie Zimt und Seide", sagte er. „Man kann es nicht recht erklären. Blau riecht wie Blau und Grün riecht wie Grün. Und der Kammerton A riecht wie ein A. Dafür gibt es keine Ausdrücke in unserer Sprache, die müsste man erst erfinden."

War der Vierte, der konnte die Farben und Töne schmecken und fühlen. „Die Töne, wie wunderbar sie schmecken!", rief er. „Und meine Haut beginnt gleich zu kribbeln, wenn ich sie höre. Und diese Farben! Köstlicher als alle Köstlichkeiten, leckerer als alle Leckereien! Leider wird man nicht satt davon."

So saßen sie am Wirtshaustisch in der Schenke zum Goldenen Perlhuhn und schwärmten von der Schönheit der Klänge und Farben und Gerüche und ließen die Gläser klingen und sich den dunklen, roten Burgundersaft munden. War ein Fünfter dabei, das war ein Dichter. Der konnte die Farben nicht riechen und die Töne nicht schmecken und auch sonst nichts außer dichten. „Diese Sinfonie ist völlig geschmacklos", sagte er. „Und diese Farben klingen nach nichts."

„Du bist doch ein rechter Banause", riefen die anderen vier. „So dumpf und stumpf, wie eben nur ein Dichter sein kann." Und dann spielten sie einen Schafkopf, und sie ließen ihn nicht mitspielen, er durfte nur die Punkte zählen.

Als sie genug getrunken und gespielt hatten, kletterten sie in ihre Autos, die draußen parkten, und machten sich auf den Heimweg. Der Dichter aber hatte sein Pferd vor dem Wirtshaus angebunden, und das war Pegasus, das Dichterross. Er bestieg es und flog hinaus in die Nacht.

Diese Geschichte wäre jetzt schon zu Ende, wenn sie nicht erst beginnen würde.

Das Pferd trug den Dichter zum Meer der Töne und zu den Gestaden der Farben und in das Reich der Düfte. Und aus dem Meer der Töne tauchte der tönende König auf, und das war der Erste von denen, die im Wirtshaus gesessen waren. Er füllte eine Muschel voll mit den herrlichsten Harmonien und sagte, die schenke ich dir, verschwende sie nicht und verwende sie gut.

Dann kam er zu den Gestaden der Farben, da sprang mit flinken Schritten ein Maler daher, und das war der zweite von denen, die im Wirtshaus gesessen waren. Er gab ihm Tuben mit bunten Farben und sagte, die schenke ich dir, verschwende sie nicht und verwende sie gut.

Dann trug ihn sein Dichterross in das Reich der Düfte. Da kam der König der Gerüche daher, das war der dritte von denen, die am Wirtshaustisch gesessen waren. Er schenkte ihm eine Tüte der herrlichsten Düfte und sagte, die schenke ich dir, verschwende sie nicht und verwende sie gut.

Dann kam er zum vierten, und das war ein Koch, der die Farben und Töne zu den leckersten Gerichten verkochte. Er packte ihm einige dieser Kostbarkeiten in eine Tupperdose und sagte, die schenke ich dir, verschwende sie nicht und verwende sie gut.

Dann trug ihn sein lyrisches Pferd wieder heim, denn es war schon spät. Er aber nahm gleich ein Blatt Papier und warf die Farben darauf und schüttete die Musik darüber, es wurde das schönste Gedicht, das er jemals gemacht hatte.

Am Abend aber ging er wieder ins Wirtshaus zum Goldenen Perlhuhn. Da saßen sie, die anderen und tranken Rotwein und spielten Schafkopf. Er erzählte, was er erlebt hatte mit seinem Dichterross. Die Zecher aber lachten ihn aus und sagten, wir haben mit dem Meer der Farben und den

Gestaden der Düfte überhaupt nichts zu tun, du hast gewiss geträumt mit deiner Fantasie.

„Aber nein!", rief er. „Ich werde schnell heimlaufen und das Gedicht holen, dann werdet ihr sehen!" Er lief schnell heim und griff nach dem Blatt auf dem Schreibtisch und sah: Das Blatt war leer und weiß.

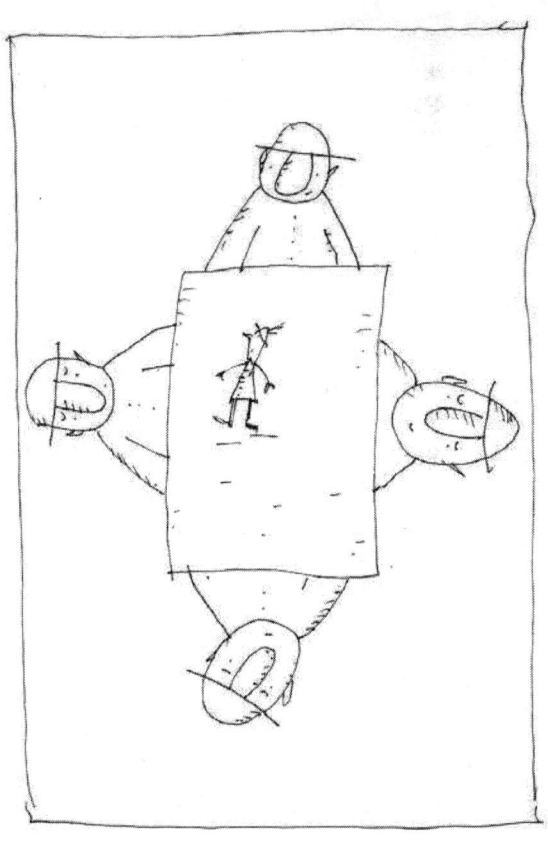

Der vergessliche Herr Spaghetti

„Jetzt hätte ich es beinahe vergessen!", ruft Signor Spaghetti und springt so heftig auf, dass der Stuhl hinter ihm umkippt. „Ich muss ja noch zum Einkaufen gehen!"

Er hängt sich die Einkaufstasche über den Arm, holt den Hut vom Garderobehaken, setzt ihn auf und geht aus dem Haus. An der Ecke kehrt er noch einmal um und holt seinen Schirm. Es könnte ja sein, dass es regnet.

Drei Minuten später betritt er das Lebensmittelgeschäft. Er stellt die Einkaufstasche auf die Ladentheke und nimmt den Hut ab. Wo soll er ihn hinlegen? Ach ja, in Griffweite neben sich. Den Schirm behält er fest in der Hand, denn Schirme vergisst man leicht. Nicht umsonst stehen in allen Geschäften, Ämtern und Arztpraxen herrenlose Regenschirme herum.

„Ein Päckchen Tabak für die Pfeife, eine Dose Schuhcreme und eine Sardinendose", verlangt Herr Spaghetti. „Ja, und beinahe hätte ich es vergessen: eine Zeitung von heute, bitte!"

„Bitte sehr!", sagt die Verkäuferin. Herr Spaghetti bezahlt und packt den Pfeifentabak, die Schuhcreme und die Sardinenbüchse in die Einkaufstasche. Die Zeitung klemmt er unter die Achsel. Vielleicht kann er auf dem Heimweg einen kurzen Blick hineinwerfen. Dann hängt er die Einkaufstasche über den Arm, fasst seinen Schirm fester und verlässt den Laden.

Zu Hause stellt er den Regenschirm in den Schirmständer und will den Hut abnehmen. Aber wo hat er den Hut? O Gott, er hat ihn im Geschäft vergessen.

Eilig verlässt Herr Spaghetti wieder das Haus. An der Ecke kehrt er schnell noch einmal um und holt den Schirm, denn es könnte sein, dass es regnet. Wenig später steht er wieder im Laden. Er legt Schirm, Zeitung und Tasche auf die Theke.

„Bitte", fragt er die Verkäuferin, „habe ich vorhin meinen Hut vergessen?"

„Ach, das war ihr Hut!", sagt die Verkäuferin. „Ich habe ihn vor wenigen Augenblicken zum Fundbüro hinübergetragen."

In der einen Hand die Zeitung, in der anderen die Einkaufstasche, so rennt Herr Spaghetti zum Fundbüro.

„Entschuldigen Sie bitte", fragt er höflich, „wurde bei Ihnen ein Hut abgegeben?"

Der Beamte im Fundbüro hat eine Brille auf und blickt ihn über die dicken Gläser hinweg streng an.

„Was für ein Hut?", will er wissen.

„Ein runder Hut mit Krempe, zum Aufsetzen", sagt Herr Spaghetti.

„Richtig, diese Kopfbedeckung ist hier abgegeben worden."

Herr Spaghetti muss ein Formular ausfüllen, dann nimmt er mit einem Seufzer der Erleichterung seinen Hut in Empfang.

„Ich setze ihn gleich auf", sagt er zu dem Beamten. „Dann laufe ich nicht Gefahr, ihn wieder irgendwo liegen zu lassen."

Mit beschwingten Schritten, die Zeitung fest unter dem Arm, nähert er sich seiner Wohnung.

„Klopf, klopf", macht es auf dem Pflaster. Nun fallen tatsächlich schon die ersten Tropfen. Herr Spaghetti geht etwas schneller. Dann bleibt er mit einem Ruck stehen. „Wo ist mein Schirm?", überlegt er erschrocken.

Weil das Geschäft gleich in der Nähe ist, will er zuerst hier fragen. Die Verkäuferin erwartet ihn bereits.

„Ich dachte schon, dass es Ihr Regenschirm ist", sagt sie. „Spannen Sie ihn nur gleich auf, damit sie ihn nicht wieder stehen lassen!"

„Vielen Dank!", ruft Herr Spaghetti und rennt schnell nach Hause.

Er stellt den Schirm in den Schirmständer, wirft den Hut auf das Sofa und lässt sich in einen Sessel fallen.

„Auf den Schreck hin muss ich mir zuerst eine Pfeife genehmigen", schnauft er. Aber wo ist der Tabak? Natürlich in der Tasche. Und wo ist die Tasche?

Herr Spaghetti rennt durch das Wohnzimmer, das Schafzimmer, das Badezimmer und die Küche. Die Tasche ist verschwunden. Sicher hat er sie irgendwo vergessen.

Hastig ergreift er den Hut und eilt aus dem Haus. Vor der Haustüre treffen ihn die Regentropfen. „Aha, der Schirm!", fällt ihm ein. Schon hat er ihn geholt, schon ist er wieder im Geschäft. Er nimmt höflich den Hut ab, stellt den tropfenden

Regenschirm in eine Ecke und fragt nach seiner Einkaufstasche.

Die Verkäuferin, die gerade in einer Zeitung geblättert hat, blickt auf. „Einkaufstasche?", wundert sie sich. „Einkaufstasche ist leider keine hier. Waren Sie sonst noch irgendwo?"

„Ach ja!", erinnert sich Herr Spaghetti. „Im Fundbüro."

Er ergreift seinen Hut und rennt hinüber zum Fundbüro. Der Beamte mit der dicken Brille erinnert sich noch an ihn.

„Sie sind aber ein vergesslicher Mensch!", sagt er. „Hier ist tatsächlich eine Tasche vergessen worden. Können Sie mir sagen, was sich darin befindet?"

„Ein Päckchen Tabak, eine Sardinenbüchse und eine..."

„Eine Dose Schuhcreme, richtig!", ergänzt der Fundbürist, nachdem er in der Tasche gekramt hat. „Hier, bitte!"

Diesmal muss Herr Spaghetti keinen Zettel ausfüllen, weil die Tasche noch nicht registriert ist. Er hängt sie über den Arm, setzt den Hut auf und verlässt das Amt.

Inzwischen hat es das Regnen aufgehört.

„Ich wollte ja auf dem Heimweg einen kurzen Blick in die Zeitung werfen", erinnert sich Herr Spaghetti. Aber die Zeitung ist verschwunden!

Glücklicherweise ist er erst wenige Schritte gegangen. Eilig kehrt er um. Aber der Mann im Fundbüro schüttelt den Kopf. „Zeitungen haben wir leider nicht hier!", bedauert er.

„Das Geschäft, natürlich!", lacht Herr Spaghetti. „Ich habe die Zeitung im Geschäft liegen lassen!"

Er drückt den Hut fester in die Stirn, versichert sich, dass die Einkaufstasche noch an seinem Arm hängt und geht zum Geschäft hinüber.

„Ich hätte mir denken können, dass sie ihnen gehört", sagt die Verkäuferin und faltet die Zeitung zusammen. „Sie haben hoffentlich nichts dagegen, dass ich ein wenig darin geblättert habe. Das Lesen lohnt sich allerdings kaum. Sie wissen ja, Sauregurkenzeit!"

„Natürlich! Natürlich!", murmelt Herr Spaghetti.

Diesmal verstaut er die Zeitung in der Tasche, damit sie nicht mehr abhanden kommen kann.

Kaum ist er aus dem Laden, ertönt hinter ihm eine Stimme. „Ihr Hut! Sie haben Ihren Hut liegen lassen!", ruft die Verkäuferin. Sie stülpt ihm den Hut über den Kopf.

„Wenn ein Hut auf dem Kopf sitzt, kann man ihn nicht mehr vergessen", sagt sie lachend. „Außer man vergisst den ganzen Kopf!"

Zu Hause hängt Herr Spaghetti den Hut auf den Garderobehaken und kramt die Tasche aus.

Isst er die Pfeife?

Liest er die Sardinenbüchse?

Putzt er die Zeitung?

Raucht er die Schuhe?

Nein, er putzt die Schuhe, isst die Sardinen, liest die Zeitung und raucht seine Pfeife.

Nun ist er zufrieden. Alles ist glücklich in der Wohnung, nichts hat er vergessen.

Oder doch?

Kleine Klapperschlange kann nicht einschlafen

Eine Geschichte willst du hören? Eine Indianergeschichte?

Dann pass auf!

In der Prärie lebte der berühmte Indianerhäuptling Große Klapperschlange. Er wohnte in einem Zelt. Und sein Sohn Kleine Klapperschlange wollte nie einschlafen.

„Häuptling Große Klapperschlange", bettelte der Indianerjunge, „ich schlafe erst ein, wenn du mir eine Geschichte erzählt hast. Eine Indianergeschichte."

„Eine Geschichte willst du hören?", fragte der Häuptling Große Klapperschlange und setzte sich neben das Bärenfell, auf dem sein Sohn lag. „Eine Indianergeschichte? Na, dann pass auf! In der Prärie lebte einmal ein berühmter Häuptling, der hieß Große Klapperschlange."

„Wie du!", lachte der Indianerjunge.

„Unterbrich mich nicht!", sagte Häuptling Große Klapperschlange. Dann fuhr er fort. „Der Häuptling hatte einen kleinen Sohn, der hieß Kleine Klapperschlange."

„Wie ich!", staunte Kleine Klapperschlange und machte runde Augen.

„Wenn du mich ständig unterbrichst, vergesse ich, wie die Geschichte weitergeht, und dann musst du ohne Geschichte einschlafen", brummte der Häuptling. Da war Kleine Klapperschlange ganz still.

„Also", erzählte der Häuptling, „der Indianerjunge Kleine Klapperschlange wollte nie einschlafen. Ich schlafe erst ein, wenn du mir eine Geschichte erzählst!, bettelte er. Was, eine Geschichte soll ich erzählen?, brummte der Häuptling Große Klapperschlange und klapperte mit den Zähnen, das konnte er nämlich besonders gut, deshalb hatten ihm seine Stammesgenossen diesen Ehrennamen gegeben. Also, er klapperte mit den Ohren und..."

„Mit den Zähnen!", fiel Kleine Klapperschlange ein, der genau zugehört hatte.

„Sei ruhig und schlafe!", wies ihn der Häuptling zurecht. Da war der Indianerjunge schnell still und horchte zu. Sein Vater fuhr fort:

„Dieser große und berühmte Häuptling lebte mit seinem kleinen Sohn in einem Wigwam in der Prärie. Und der Sohn mochte nie einschlafen. Ich schlafe erst ein, wenn du mir eine Geschichte erzählst, sagte er. Eine Geschichte willst du hören?, fragte der Häuptling und kratzte sich an der Stirn, weil ihm keine Geschichte einfiel. Aber dann fiel ihm doch etwas ein. Ich werde dir eine Indianergeschichte erzählen, sagte er. Eine Indianergeschichte vom Häuptling Großer Klapperstorch und von seinem Sohn Kleiner..."

„Hieß er nicht Klapperschlange?", wollte der kleine Junge wissen.

„Ob Klapperschlange oder Klapperstorch oder Klappertopf, das ist doch egal!", meinte der Häuptling. „Schließlich erzähle ich dir eine Geschichte, die du gar nicht kennst, und deshalb weißt du auch nicht, wie die Personen in der Geschichte heißen. Also: Der Häuptling Große Brillenschlange wohnte in seinem Wagwim, wollte sagen Wigwam in der Prärie. Und er hatte einen kleinen Jungen, der nie einschlafen wollte und ihn immer bettelte: Lieber Häuptling Große Klapperbrille, bettelte er, erzähle mir bitte, bitte, eine Geschichte! Was?, fragte der Häuptling, eine Geschichte willst du hören? Eine Indianergeschichte? Eine Geschichte zum Müdewerden? Also, pass auf! Da war einmal in der Prärie ein großer und berühmter Häuptling Brallenschlinge, äh, Klipperschringe, wollte sagen Brillenklapper, der nie einschlafen konnte..."

„Aber warum konnte er denn nie einschlafen?", fragte der Indianerjunge und sah seinen Vater mit großen Augen an. „Sage mir, bitte, warum konnte er nicht einschlafen?"

Aber der große und berühmte Häuptling Große Klapperschlange antwortete nicht.

Er war eingeschlafen.

Zwischen Waal und Waalhaupten ist ein Und

Was ist zwischen Waal und Waalhaupten*? Ein wenig Landschaft, ein wenig Feld und Wiese, ein wenig Wald.

Aber vor allem eines: Zwischen Waal und Waalhaupten ist ein „Und". Wer behauptet, das sei nichts Besonderes, nur ein Bindewort mit vier Buchstaben*, der irrt sich. „Und" steckt auch in B-und und r-und und H-und und Sch-und. Ohne „Und" gäbe es kein W-und-er und keine Gesprächsr-und-e und keine H-und-esteuer. Beispielsweise. Man muss zugeben: Ohne „Und" wäre die deutsche Sprache um vieles ärmer. Sozusagen und-los, und-arm, ent-und-et.

Zwischen Waal und Waalhaupten ist auch ein kleiner Teich. Manchmal, an stilvollen Nachmittagen, besteige ich das „Und" und gleite mit leichter Hand auf den Teich hinaus. Rundum auf den Ästen der Bäume schaukelt die Stille und singt ihre melancholische Weise, Lichtfunken wiegen sich mit ausgebreiteten Armen auf den kleinen Bugwellen, der Duft von frischgemähtem Gras tanzt von der Wiese herüber.

Da kommt auch Meister Schwan herbeigeschwommen. Er schnuppert an meinem „Und" und sagt: Wuff. Nun muss man sich fragen: Wieso kann ein Schwan bellen wie ein Hund? Oder ist es gar kein Schwan? Aber wieso schwimmt ein Hund mit einem langen Hals und weißen, nassglänzenden Federn auf dem Haspelweiher herum? Die Antwort ist: Zwischen Waal und Waalhaupten ist alles möglich. (Im Unterschied zu Honsolgen und Holzhausen: Da ist nichts unmöglich.)

Hat nicht Peter Dörfler einmal gesagt, hier in diesem gesegneten Tal sei das Schwäbische Himmelreich? Irgendwo hinter dem Berg steht er, groß wie ein Riese, wirft seine drei Arme in der Luft herum und zwinkert mir zu mit seinem Lichtauge wie seinerzeit Polyphem dem Odysseus.

„Soll ich eine Geschichte erzählen?", fragt er. „Die Geschichte vom Malefizschenk, der einstmals auf dem Waaler Schloss residierte?" Und wie er zu erzählen beginnt, da tauchen sie auf: Der Erzgauner Matthäus Egger, genannt Vogelmännle. Er sitzt drüben auf dem Baumast und schaukelt hin und her. Der Wäldlerlieselhannes wiegt sich mit ausgebreiteten Armen in den Bugwellen. Victoria Eisenmännin, die „Schöne Victor", weht von den Wiesen herüber und streicht mir durchs Haar. Bleich sind sie und durchsichtig, wie es Geistern eben ansteht. Und am unsichtbarsten ist die Schwarze Lies, die Sackgreiferin, Erzdiebin und Vagantin, der man anno 1788 den Kopf abgeschlagen hat.

Aber nein, es ist gar nicht der dreiarmige Dichter, der das erzählt. Es ist alles ganz anders: Das Windrad ist kein Dichter und der Dichter ist kein Schwan und der Schwan ist kein Hund, von den feinstofflichen Erzgaunern ganz zu schweigen. Das ist alles sehr verwirrend, deshalb bemühe ich mich, schnell das Thema zu wechseln.

„Wer im Deutschen Haus zu Waal eine Geschichte liest, dem wird die Zeche geschenkt", sage ich.

Der Schwan streckt seinen langen Hals hungrig über die Bordwand meines Gefährts, findet aber nur drei feuchte, ungenießbare Buchstaben*. „Du willst doch nicht behaupten, dass das, was du hier schreibst, eine Geschichte ist?", fragt er.

„Wieso nicht!?", rufe ich empört. „Sie hat alles, was zu einer Geschichte gehört. Einen Anfang, ein Ende und ein Mittendrin*.

„Das Problem ist das Mittendrin", erklärt der Malefizgraf*. Ich weiß nicht, wo er so plötzlich hergekommen ist. Er sitzt mir gegenüber und schaut mich aus seinen Malefizgrafenaugen nachdenklich an. „Eine Geschichte ohne Mittendrin ist ein leerer Sack. Man hat nur einen Anfang und ein Ende, und das Dazwischen muss man hineinstopfen".

„Und womit?", frage ich.

„Mit Fröschebein und Hühnerklein", wirft der Schwan ein, eine unqualifizierte Bemerkung.

„Erzähle doch die Geschichte von der Waalhauptener Kirche, die seinerzeit zum Berg hinauf gewandert ist", schlägt der Malefizgraf vor. „Vielleicht hat man sie auch vertrieben, aus Gottlosigkeit und Übermut*. Oder von dem Eremiten im Turmstübchen, der wie Christophorus das Leid der Welt auf seinen Schultern herumgeschleppt hat."

„Hat Peter Dörfler schon geschrieben", sage ich.

„Und überhaupt: Mein Geschichtensack ist voll. Passt nichts mehr hinein."

„Eine Geschichte soll das sein, was du hier geschrieben hast?", spottet der Malefizgraf. „Ein Fleckerlteppich ist es. Patchworkarbeit. Ein Konglomerat von Assoziationen und Motiven, miteinander weder verwandt noch verschwägert."

„Schwag, schwager, am schwagischsten. Wo ist Schwaben am schwabischsten?", plappert der Schwan, wir achten nicht auf ihn.

„Was, zum Beispiel, ist mit dem Vogelmännle, dem Wäldlerlieselhannes, der Schönen Victor?", ruft der Graf und lehnt sich vor, dass das „Und" gehörig ins Schwanken kommt.

Ich werde bleich. Tatsächlich! Die Erzhalunken habe ich ganz vergessen. Was sie in der Zwischenzeit nicht alles angestellt haben mochten! Ich schaue mich um. Sie sind alle drei verschwunden. Auch die Schwarze Lies, die Sackgreiferin, ist weg. Kein Wunder, war sie doch nie da gewesen. Nur ihr Grinsen war noch zu sehen, breit und unverschämt. Da merke ich: Sie hat mir alles aus dem Sack gestohlen. Die ganze Geschichte* von vorn bis hinten. Den Riesen mit dem Lichtauge und den Schwan und den Peter Dörfler und den Polyphem und die Erzhalunken. Und während ich mich noch umschaue, zieht sie mir auch das „Und" unter dem Hintern weg, so dass ich schwimmend das Ufer erreichen muss.

Und jetzt bin ich hier in der Wirtsstube, im Deutschen Haus zu Waal, zwar wohlbehalten, aber geschichtenlos, und muss meine Zeche selber bezahlen.

* Waal und Waalhaupten – Orte im schwäbischen Landkreis Ostallgäu.

* Eigentlich hat es nur drei Buchstaben. Wo der vierte hingekommen ist, wissen wir nicht.

* Offenbar war das „Und" und-icht.

* Zugegeben: Über das Ende ist noch nicht das letzte Wort gesprochen.

* Franz Ludwig Reichsgraf Schenk von Castell, 1736-1821, siehe Wikipedia!

* Peter Dörfler: Die Mutter.

* Falls man hier von einer Geschichte sprechen kann. Das ist noch nicht ausreichend geklärt.

204

Schreibe doch eine surrealistische Geschichte
(statt eines Nachworts)

Der Abendwind hatte seinen Arm um meine Schultern gelegt und kraulte mich sanft am Ohrläppchen, der Rotwein blinzelte mir schelmisch zu. Ich saß auf der Terrasse und döste vor mich hin. In diesem Augenblick öffnete das Glas den Mund und sagte: „Schreibe doch mal ein paar surrealistische Geschichten!"

„Was soll ich?", stotterte ich und wäre vor Überraschung beinahe vom Stuhl gefallen.

„Ein paar surrealistische Geschichten schreiben", wiederholte das Glas mit seiner gläsernen Klingelingstimme.

„Und wie geht das?"

„Schreibe, wie die surrealistischen Maler gemalt haben. Oder, anders ausgedrückt: Schreibe so, wie Magritte, Max Ernst, Dalí und Co. Geschichten geschrieben hätten, wenn sie denn Geschichten geschrieben hätten."

Meine Achtung vor dem Weinglas stieg enorm! Es schien ebenso literaturinteressiert wie kunstverständig zu sein.

„Also, ich weiß nicht...Dalí, Magritte...wie hätten sie denn geschrieben, wenn sie geschrieben hätten...?", bohrte ich.

Aber das Glas schien an einer weiteren Unterhaltung nicht interessiert. Da konnte ich nachschenken, so viel ich wollte. Es hatte seinen Mund geschlossen und schwieg wie ein Tisch.

Nach einige kräftigen Schlucken (Chateauneuf du Pape, ein guter Tropfen) überlegte ich: Wie müssten solche surrealistischen Geschichten beschaffen sein? Natürlich surreal, irreal, unwirklich, überwirklich, unterwirklich, wie auch immer. Jenseits der Realität und aller Naturgesetze. Keine Schwerkraft, ohne Zeit und Raum, von Newton und seinen Gesetzen ganz zu schweigen. Nach einigen weiteren Zügen fielen mir diverse Bilder von Magritte ein. Das Gemälde von der schönen Dame, die auf ihrem prächtigen Pferd durch den Wald reitet. Aber vorne und hinten sind vertauscht. Alles, was hinter den Bäumen verschwinden müsste, ist sichtbar, was vor den Baumstämmen zu sehen sein müsste, verschwindet dahinter. Das Gemälde vom steinernen Adler, der sich, der Schwerkraft spottend, in den Himmel erhebt. Die Gemälde von Blättern, die zu Riesenbäumen heranwachsen, von taghellen Häuser in geheimnisvollen Nachtlandschaften, von Menschen, deren Inneres mit Schubkästen und Vogelkäfigen versehen ist.

Und wie mich der Chateauneuf so anschaute mit seinen traumglänzenden Granataugen, da begann es sich im Garten plötzlich zu regen und zu bewegen. Hinter den Büschen kamen sie hervor, aus den Blumenkelchen krochen sie, von den Baumwipfeln kletterten sie herunter: Prinzen und Prinzessinnen, Riesen und Zwerge, Zauberer und Räuber, Feen und Hofnarren. Alle

Märchenbücher schienen sich geöffnet und ihr Personal entlassen zu haben. Ich erkannte die Sieben Zwerge, den Gestiefelten Kater, Hänsel und Gretel, Frau Holle, das Tapfere Schneiderlein, Rotkäppchen und den Wolf...Schon kamen sie in langer Prozession zur Terrasse herauf und versammelten sich, eine bunte, schnatternde Menge, zu meinen Füße.

„Was soll dieser Aufzug? Was wollte ihr hier?" Mein Staunen war grenzenlos.

„Du hast uns doch eingeladen", miaute der Gestiefelte Kater mit seinem lustigen Katzengesicht.

„Ich hätte euch eingeladen? Nie und nimmer!"

„Mit deiner fixen Idee von den surrealistischen Geschichten hast du das Tor zur magischen Welt aufgestoßen. Und durch dieses Tor können wir nun zu Dir kommen."

„Wie deine Geschichten, so sind auch wir Märchen aus der magischen Welt. Alles ist eins und eines ist alles und nichts scheint, wie es ist, und nichts ist, wie es scheint. Geheimnis der magischen Mehrdeutigkeit", nickte die Frau Holle mit klugem Gesicht.

„Jawohl!" Rumpelstilzchen war auf meine Schuhe gehüpft und zerrte an den Schuhbändern.

„Bei uns werden Spiegel zu Seen, Bürsten zu Wäldern, Tiere zu Menschen und Menschen zu Tieren", quäkte es. „Tausend Jahre vergehen wie ein Hauch; eine tote Prinzessin spuckt einen Apfelbissen aus und ist, simsalabim, wieder lebendig. Auf dem Grund der Brunnen tun sich blühende Länder auf, und mit sieben Schritten kann man die ganze Welt umrunden", quäkte es. „Und wer meinen Namen weiß, ist erlöst und darf sich etwas wünschen."

Jetzt erhob sich inmitten der Märchenschar eine schlanke Gestalt mit einem weiten, weißen Umhang und einem unendlich langen Bart. „Die Märchen gehören zu den ältesten kulturellen Zeugnissen der Menschheit", sagte der Alte mit seiner unendlich tiefen Bassstimme. „Damals war die Welt noch voller Magie und nicht von diesen sogenannten Naturgesetzen verseucht, und die magische Welt der Märchen war für die Menschen die wirkliche Wirklichkeit."

„Und die Kinder leben immer noch in dieser Welt", krähte der Rumpelstilz, dem es endlich gelungen war, meine Schuhbänder zu lösen.

„Jawohl!", nickte der Alte mit dem unendlich weißen Bart. „Die Kinder durchleben in einem bestimmten Zeitabschnitt ihrer Entwicklung eine animierte Welt voller magischer Figuren mit Weihnachtsmann und Christkind und Schutzengel und Osterhasen. In dieser Zeit brauchen sie diese magische Welt, und wer ihnen diese Welt nimmt, nimmt ihnen einen Teil ihrer Seele. Parallelität von Ontogenese und Phylogenese."

„Pallatät von was?", stotterte ich.

„Im Übrigen solltest du deinen Alkoholkonsum einschränken." Der Alte hatte mit majestätischer Geste die unendlich langen Arme erhoben. Sein Bart begann zu flattern. „Rhododendroooooooo-ooooooooooooooooooo...", rief er, und das Wort tönte unendlich laut über den Garten hinweg und tönte und tönte und hörte nicht auf bis in alle...

In diesem Augenblick wachte ich auf. Die Terrasse war leer, das Märchenvolk verschwunden. Der Nachtwind fuhr mir in den Kragen. Mich fröstelte.

Ich klemmte die leere Flasche unter den Arm, ging ins Haus und begann zu schreiben.